便利すぎるチュートリアルスキルで異世界

ぽよんぽよん生活 2

Omine
著 御峰。

CHARACTERS
−登場人物紹介−
カミラ
アルトの姉。
ちょっと怖い。
ワタル
本作の主人公。
勇者召喚に巻き込まれ、
8歳児に転生。
なぜか
チュートリアルスキルが
ずっと使える。
リオ
熱心な
魔道具研究者で
犬耳族の少年。
エレナ
しっかり者で
元気な
猫耳族の少女。

フウちゃん
ワタルが初めてテイムしたスライム。
コテツ
ワタルが前世で飼っていた柴犬。強い。
アルト
やんちゃな白狐族の男の子。
エヴァ
現魔王。魔族たちから慕われている。
ジェシカ
泣き虫で心優しい鬼人族の姫。
青色スライム
弾力性が高い新種のスライム。
緑色スライム
魔石を出せる新種のスライム。

第1話

シェーン街から東に続いている街道。魔族領の主都、魔都《まと》エラングシアを目指して僕たちの二度目の旅が始まった。

出発してすぐ、忘れないうちに魔王のエヴァさんからもらった友人の証《あかし》を身につける。相棒の柴犬、コテツの首にもかけてあげた。

しばらく進み、前回も立ち寄った大きな樹木の下で一度休憩をすることに。

ここは白狐《びゃっこ》族のアルトくんと出会った場所で、前回はここまで来るのに数時間かかったんだけど、今回はアルトくんのお姉さんであるカミラさんの背中に乗って移動していることもあり、数十分でたどり着いた。僕の歩く速度とカミラさんの走る速度ではあまりに違いすぎるね。

カミラさんが僕に言う。

『へぇー、ここでワタルくんとアルトが出会ったのね』

「そうなんですよ～！　あの時のアルトくんったら、初めて見たエリアナさんの特製干し肉にすごくかぶりついてましたね～」

『むしゃむしゃ――――やっぱりエリアナさんの特製干し肉は最強だな～』

隣で干し肉を頬張るアルトくん。

今では猫耳族《ねこみみ》のエリアナさんの特製干し肉が大好物になって、エリアナさんに直接お願いしたみたい。

アルトくんが背負っている鞄《かばん》の中には、エリアナさんの特製干し肉が大量に入っているのだ。

干し肉ということもあり、並べて入れればなかなかの量が収まるので、これは大助かりだ。

「カミラさん。干し肉食べませんか？」

『……………』

なぜかカミラさんは干し肉を食べたがらない。

すごく美味《おい》しいのにどうしてだろう？

「えっと、嫌い……ですか？」

『嫌いという訳ではないいんだけれど……』

なんだか話しづらそうな雰囲気だ。

そんな彼女に干し肉を段々近づけていく。

『…………ワタルくんでも意地悪するのね』

少し呆れたような口ぶりだ。

「あはは、意地悪じゃないですよ？　何か理由があるのかなって思って」

『…………………のよ……』

「ん？」

『………小さく切らないと食べられないのよ！』

少し顔が赤くなったカミラさんが怒る。

白狐も赤面ってするんだなと思いながら、そんな彼女が少し可愛いなと感じた。

「どれくらいの大きさがいいですか？　これくらいですか？」

手で半分に千切って見せる。

『ん……もっと小さく……』

「これくらい？」

さらに半分に千切った干し肉を見せると、小さく頷いた。

カミラさんの口元に干し肉を近づける。

僕の手のひらに載っている干し肉をカミラさんがペロリと食べた。一瞬だけカミラさんの舌が僕の手のひらに触れる。

次々と干し肉を食べやすいサイズに切ってカミラさんに渡すと、アルトくと同様に美味しそうに食べてくれた。

今度エリアナさんに、みんなで美味しく食べたって伝えないとね。

休憩が終わり、また街道を走っていくと、ちらほら魔族さんたちが歩いていた。

僕を見てなのか、カミラさんたちを見てなのかは分からないけど、最初は驚く彼らだったが、エヴァさんからもらった友人の証のおかげで手を振ってくれた。

僕もそれに応《こた》えるように手を振り返す。

こうして人族である僕に好意を向けてくれるのがとても嬉しい。

走っていくと——街道のそばで大きな爆発が起きた。

「カミラさん、あそこで爆発が！」

『誰か戦っているみたいね！』

『姉上様！　ワタル！　行ってみようぜ！』

アルトくんが我先に走っていく。カミラさんもその後を追いかけて速度を上げた。

景色がどんどん通り過ぎていき、立ち昇る爆炎に近づいていく。

遠くからでも分かるほどだったのに、近づくと爆発の大きさがより分かる。

街道から脇に続いている木々を抜けると、森の中から大きな声が聞こえてきた。

「グラン！　来るぞ！」

「分かってる！　ちくしょ！」

声からして何かと戦っている魔族さんたちかな？

「なっ！　後ろからも魔物が⁉」

「違います！　僕たちは味方です！　手伝います！」

「なっ!?」

そこでは魔族五人が大きな魔物と対峙《たいじ》していた。

大きな魔物はマンモスのような風貌《ふうぼう》で、全身に鋭い角《つの》がいくつも生えている。

真っ赤な目から理性は全く感じられず、ただ目の前の餌を求めているだけなのが分かる。

魔族五人は、デモン族が二人、鬼人族が一人、兎人《とじん》族が一人、魔老《まろう》族が一人のようだ。

魔老族のお爺ちゃんは魔法を展開させていて、それをみんなで守りながら鬼人族の人が正面からマンモス型の魔物の注意を引いている。

「アルトくん！　カミラさん！　僕たちも合流しましょう！」

『待って、ワタルくん』

大型の魔物を前に急停止したカミラさんは、尻尾《しっぽ》で僕の頭をぐっと押し込んで立てなくさせた。

「カミラさん？」

『アルトも攻撃するんじゃないわよ』

『えっ？　姉上様？』

何を考えているのかは分からないけれど、カミラさんがそう言うなら見守るしかない。

コテツとスライムのフウちゃんを抱きかかえて状況を見守る。

すごく心配というか……あんなに大きな魔物を相手に五人だけで大丈夫かな？

それにしてもカミラさんはどうして参戦しないのかな？

「ベラル！　もうちょっとだよ！」

「あい分かった！」

ベラルと呼ばれた鬼人族の大剣がマンモスに振り下ろされ、大きな鼻に激突すると鈍い音が響く。

傷はついてないけど、確実にダメージは与えられたはず。その証拠にマンモスが痛そうにしている。

その時、魔老族が詠唱を終えて目を開けた。

「行くぞ！」

「「待ってた！」」

魔老族の足元に広がっている大きな魔法陣から、強い魔力の波動を感じる。

「――――出《い》でよ！　ヘルファイア！」

魔老族の周囲に爆炎のトルネードが舞い上がり、上空からマンモスを呑《の》み込んだ。

爆炎の中からマンモスの悲痛な鳴き声が聞こえる。

これが噂に聞く大魔法と呼ばれている魔法かも！

僕は魔法が使えないので憧れだった。魔法が使えるならぜひ使ってみたい。一応回復魔法っぽい【慈愛の手】は使えるけど……。

目の前の爆炎が収まり、中のマンモスが真っ黒になって足を崩して倒れ込んだ。

その勢いによって土が周囲に吹き飛ぶ。

「ふぅ……さすがヘン爺の魔法は強力だね」

「疲れたわい！　もう魔力も残ってないわ」

「お疲れさま。でも今日は豪勢に食事ができそうね」

あれ？　皆さん、めちゃ気を抜いている？　危ないよ!?

その時、倒れ込んだマンモスが急に暴れ出して一瞬で起き上がり、前進し始めた。

「なっ!?」

デモン族の二人が驚いて、鬼人族もそのあまりの急な動きに、反応しきれていない。

僕は全身に力を入れて、一気にデモン族の二人に向かって跳び込んだ。

僕の走り抜ける速度が周りと比べて随分と速く、みんなが驚いている姿がスローモーションで見える。

きっとステータスの速度が関係しているのだろう。レベル上昇ですごく上がったから。

デモン族二人と魔老族を踏みそうになっているマンモスに、飛び蹴りを入れる。巨大な身体は想像以上に軽くて、後方にマンモスが吹き飛んだ。

「お、おおおお!?」

マンモスが消えて驚くデモン族の二人と目が合った。

「大丈夫ですか!?」

「あ、ああ！　大丈夫だ！」

みんな無事なようで一安心だ。

と思った矢先、後ろからカミラさんがポンと僕の頭を優しく叩く。

『こら、勝手に狩りの横取りをしちゃダメでしょう』

「横取り……？」

ポカーンとする僕を見たデモン族の二人は同時に両手を横に振った。

「「いやいや！　助けてくれて本当にありがとう！」」

息ぴったりというところだ。

「助けてくれたお礼に食事を奢《おご》らせてくれ！」

「えっ⁉　いいんですか？」

「もちろんだとも！　さあさあ！　そちらの二人も！」

魔族さんたちは笑顔で僕たちの背中を押してくれた。

○

「「「乾杯ー！」」」

大きなジョッキを勢いよくぶつける皆さんと僕。

みんなの飲み物が楽しい気持ちを代弁するかのように宙に舞い上がる。

「んー！　やっぱり狩りの後の酒はうめぇー！」

「がーははは！　そうだな！　しかも今回はあんな大物を狩れたしな！」

グランさんとベラルさんが酒をぐいっと飲んでは、楽しそうに声を上げる。

僕たちが出会った五人のリーダーはデモン族のグランさん。もう一人のデモン族はグランさんの双子の妹のジータさん。そして鬼人族のベラルさんと、兎人族のペニョさん。魔老族の人はヘンロギアドルフロクススといううめちゃくちゃ長い名前なので、みんなからヘン爺さんと呼ばれている。

「いや～！　ワタルくんが助けてくれて大怪我せずに済んでよかった！　ありがとう！」

「「「ありがとう！」」」

実はあの時、マンモスがまだ生きているのに僕は気づいていた。

だから、マンモスが最後の足掻《あが》きで反撃してくるようなら飛び出るつもりでいたのが、本当にそうなってしまった。

『ジータ！　うちのワタルくんをあまり抱かないで！』

後ろから怒るカミラさん。

今の僕はジータさんに抱きかかえられている格好だ。

「いいじゃない！　ワタルくん可愛いし～」

『んもう！　ワタルくんもデレデレしないでよ！』

「ええええ!?　デレデレしてませんよ!?」

『ふん！』

すごく怒ってるけど、どうしてだろうか……僕ってそんなにデレデレしているのかな？

自分の顔をベタベタ触ってみたけど、そんな感じはしなかった。

「それにしてもワタルって小さいのにものすごく強いんだな？　さすが魔王様の友人の証を持ってるだけのことはあるな」

彼らが僕を全面的に信用してくれているのも、首にかかっているエヴァさんからもらった小さな角のネックレスのおかげだ。エヴァさんには感謝してもしきれない。

「ねえねえ、ワタルくん！　これも食べる？」

相変わらずジータさんはマイペースに目の前の食べ物を僕の口に運んでくる。

「あはは……自分で食べられますよ？」

「いいの！　助けてくれたお礼だから！」

後ろからカミラさんの刺すような視線を感じながら、運ばれる食べ物を食べ続けた。


食事が終わってグランさんたちが厚意で借りてくれた宿屋の部屋に引き上げた。中を荒らさないって約束で、アルトくんとカミラさんとコテツとフウちゃんも泊まらせてくれた。

部屋にあったシャワー室で水を浴びて、コテツ、フウちゃんと共にベッドの中に入る。

ふわふわした毛並みのコテツとぽよんぽよんしたフウちゃんに癒されながら、ふかふかのベッドで眠りについた。

○

次の日の朝。

部屋の中が窮屈《きゅうくつ》そうなカミラさんと一緒に外に出る。

部屋ではまだアルトくんが眠っていて、コテツとフウちゃんに見守りをお願いした。


外に出ると大きな中央広場があり、それを囲うように建物がたくさん並んでいた。

ここは街道をシェーン街から東に進んだところにあるベンという街だ。

ベン街にもたくさんの魔族が住んでいて、色んな種族で朝から賑わっている。

中には魔物を従えている魔族もいた。きっと【テイム】スキルで従魔にしたんだろうね。

僕は【初級テイム】しか使えないし、波長が合うのがスライムなのも分かっていて、多分他の魔物はテイムできないと思う。

カミラさんと並んで少し散歩をする。

「カミラさん！　あの建物、すごく大きいですね」

カミラさんは僕が指差した場所に視線を向けると、目を細めた。

『あれは――教会だね』

「教会ですか⁉」

『そんなに驚くもんなの？』

なんというか……教会という言葉より、カミラさんが教会を知っていることに驚いてしまった。

『なんだか失礼なこと、思ってないわよね？』

「えっ？　えへへ～、そんなことありませんよ？」

『………』

ジト目で見つめるカミラさんの視線から顔を逸《そ》らす。

「カミラさん。教会って誰でも入れるんですか？」

『入れるわよ』

「入りたいです！」

『いいんじゃない？　教会って内部も広いし、私が入っても怒られないと思うわ』

カミラさんも賛成のようなので、教会に続く階段を上っていく。

丁度入ろうとした時、タイミングよく大きな扉が開いた。

「ん？　ワタルじゃねぇか」

「あれ？　グランさん？　おはようございます！　ジータさんもおはようございます！」

「ワタルくん、やっほ～」

たまたま、教会の中からグランさんとジータさんが出てきた。

「ワタルも礼拝かい？」

「いいえ。教会は初めてで、中を見たいなと思いまして」

「なるほどな。それならシスターに色々聞くと、親切にしてくれるはずだぜ」

「分かりました！　ありがとうございます！」

グランさんは笑顔で僕の頭を優しくポンポンと撫でてくれた。それから二人は「ではまた宿屋でな」「またね～」と言いながら通り過ぎていった。

二人がいなくなった扉の向こうには、前世の聖堂を思わせる景色が広がっており、高い天井と壁にはキャンドルの光が優しく揺れている。窓には女性の絵がたくさん描かれているんだけど、その中に見覚えのある絵があった。

『ワタルくん？　どうしたの？』

「えっと、絵がすごく気になりまして……」

『うふふ。それもそうだろうね』

「えっ……？　どうしてですか？」

『この絵、初めて見るのよね？』

「そうですね。初めて見ます」

ただ、初めて見るはずなのに、不思議とその絵の中の顔に見覚えがある。

「あら？　見ない顔ですね」

僕たちに向けられた言葉が耳に届く。

振り向くと、真っ黒いローブを着込んだ兎人族の女性が優しい笑みを浮かべて立っていた。

「僕は旅人のワタルです。こちらは仲間のカミラさんです」

「あらあら、可愛らしい旅人さんですね。私はこちらの教会を任されているシスターのセーニャと申します」

「初めまして！」

「ワタルくんは教会が初めてと仰《おっしゃ》っていたのが聞こえましたけど、こちらの絵が気になりますか？」

「はい――――とても綺麗《きれい》だなと思いまして」

どこで見たのか全く覚えていないけど、とても綺麗な女性だなという印象だ。

「うふふ。こちらに描かれているのは、全て――――女神様なんです」

「女神様……？」

「はい。それぞれ司《つかさど》るモノがあるのですが、こちらの女神様は『大地の女神ガイア様』ですね」

「大地の女神様⁉」

僕に何度も力を貸してくれた大地の女神様がこの方か！

「ん？　でもどこかで…………どこだっけ…………」

描かれている女神様の顔を食い入るように見つめた。

どこかで……思い出せそうで………あ！


「あああぁ！　思い出した！　あの時のメイドさんだ！」


思わず大声を上げてしまった。

思い出したのは、僕が転生する時に色々説明してくれたメイドさんのこと。

すごく優しくて、勇者ではない僕の質問にも、嫌な顔一つせずに答えてくれたメイドさんだ。

『ワタルくん？　あの時のメイドさんってどういうこと？』

「はっ!?」

やってしまったあああぁ！

転生うんぬんは言ってはいけない気がする。なんとか誤魔化《ごまか》さないと………。

「えっと、えっと――――あ！　ちょっと違いますね！　あの時会ったメイドさんはもうちょっとこう、ホクロとかありましたから！」

『う、うん？』

「ひ、人違いでした～あはは～」

『変なワタルくん～』

「うふふ。ワタルくんは面白い方ですね。他の女神様も案内いたしましょう」

「本当ですか!?　ありがとうございます！」

笑って頷いたセーニャさんに案内されて、女神様一人一人のことを丁寧に教えてもらった。

大地の女神ガイア様。大空の女神ディオネ様。大山の女神レイア様。大海の女神テティス様。

四柱の女神様が世界を構成しており、四大女神様と呼ばれているみたい。

「あれ？　こちらの方は？」

僕は目の前の見覚えのある五人目の女神様の絵を見つめた。

「そちらはネメシス様です。女神様の中で唯一、司るモノが存在しない女神様でございます」

「えっ？　司るモノが存在しない？」

「はい。理由は分かりませんが、ネメシス様だけはどの種族も愛さなかったそうです」

なぜだろうか？　他の女神様は慈悲の笑みを浮かべているのに対して、ネメシス様だけは無表情のままで僕を見つめているように感じる。彼女と目を合わせていると、不思議な感覚に包まれた。

その時、セーニャさんが僕の前に立って視界を塞《ふさ》いでしまい、彼女の絵が見えなくなった。

「はっ!?」

急な胸の苦しみを覚えて一気に息を吸い込む。どうやら息をしていなかったみたい。

「ワタルくん!?　大丈夫ですか？」

「はぁはぁ……は、はい……大丈夫…………です……」

「ごめんなさい……最初に話しておくべきでしたね。実は……ネメシス様の絵はあまり直視しない方がいいのです」

「えっ……？　どうしてですか？」

「………ネメシス様はどの種族も愛さないため、自分を見る者の魂を奪い取る女神様として有名なんです。ネメシス様の瞳に取り込まれた者は息をすることすら忘れて、気づけば魂を吸われてしまうんです。魔族にはそれが常識として広まっているので油断してしまいました……本当に申し訳ございません」

そっか……そんな事情があったんだね。

「い、いいえ！　セーニャさん。頭を上げてください。僕はこうして無事ですから」

「ワタルくん……ありがとうございます」

なんでだろう？

ネメシス様を見つめると酷く悲しい感情が溢《あふ》れてきてしまう。

その一番の理由は、彼女――ネメシス様が、僕が転生する時に、勇者ではない僕に自分の力だけで生き残れという、冷たい言葉を投げかけてきた天使様にそっくりだったから。

あの時、メイドとしていたガイア様と、天使としていたネメシス様。

そして、この教会に二人の絵が並んでいるのが、偶然だとはとても思えない。

だけど、一体それが何を意味するのか、僕には見当もつかない。

四柱の女神様から少し離れた場所にひっそりと掲げられている絵の中のネメシス様は、どこか寂しそうにも見えた。

「そういえば、グランさんが礼拝って言ってましたけど、礼拝とはなんですか？」

「はい。礼拝はそれぞれの人が崇拝している女神様の前で祈りを捧げることです」

祈りか…………あの日、メイドとなって僕に色々教えてくれた優しいガイア様の絵の前に立つ。

周りの魔族が両手を合わせて目をつぶって祈りを捧げている。

僕もそれを真似《まね》て祈りを捧げた。

勇者に巻き込まれて異世界に転生して、辛いこともあった。魔物がはびこっていて、狩りも命懸けで…………でも猫耳族のエレナちゃんたちのように優しい人たちに会うことができて、こうしてアルトくんやカミラさんと旅にも出られた。

それらに感謝を込めて、ガイア様に祈りを捧げた。


祈りが終わるとセーニャさんに挨拶をして教会を後にした。

『ワタルくん、ご機嫌だね？』

「はい！　ガイア様にお会いしたことはないんですけど、僕にいつも力を貸してくださる方に感謝を伝えられたと思うと、すごく嬉しいんです」

『ふふっ。意外と多いのよ？　祈りを捧げる人や魔族って』

「そうなんですか⁉　それにしてもカミラさんって、色んなことに詳しいですね？　すごいです！」

『えっ⁉　え、えっへん！』

　カミラさんのドヤ顔が少し可愛かった。

○

　宿屋に戻り、アルトくんに声をかけた。

「おはよう～、アルトくん」

『おは……よ……』

　アルトくんって早起きするイメージがあるんだけど、今日は珍しく遅く起きてきたし、なんだか眠そうだ。

「どうしたの？　眠そうだよ？」

『うぅ……昨日あまり寝れなくて……』

「そうだったの⁉」

『まぁそれはいいさ。それにしても何かいいことでもあったのか？』

「うん！　カミラさんと一緒に教会に行ってきたんだ」

『へぇー。ワタルって女神様を信仰しているんだね？』

「う〜ん、信仰していると言えるほどじゃないけど、大地の女神様はいつも僕を助けてくれるし、祈ることで少しでも感謝を伝えられたらいいなと思う」

『それはいいことだね〜。でも、ネメシス様には気をつけるんだぞ？』

「アルトくんも知ってるんだ？」

『古《いにしえ》の勇者様が残した本に書いてあったからね！』

『アルトが……あの本を読んでいたことに驚きよ』

『姉上様!? 僕をどういう風に見ていたんですか!?』

『………』

カミラさんは何も言わずに後ろを向いて、『ふっ』と声が聞こえそうな笑みを浮かべた。

アルトくん………頑張って！


アルトくんも起きたので一階に降りると、グランさんとジータさんと他の皆さんがテーブルを囲んで食事を取っていた。ジータさんたちは冒険で外に出ていることが多いため、家は持たずに宿屋で生活しているという。

「ワタルくん！ こっちこっち！」

ジータさんが笑顔で手を振っている。

僕たちがテーブルに着くと、それを確認した店員さんがすぐに朝食を運んできた。

「ワタルくんは、これからどうするの？」

「ん～、このまま次の街を目指してもいいんですけど、この街の周辺で面白い場所があったら寄ってみたいなとも思っていて、どこかありますか？」

「面白い場所？」

「はい。普通じゃないというか、なんか珍しい場所とか？」

「珍しい場所か～、ん～、それならダンジョンとかどう？」

「えええええ!?　ダンジョンなんてあるんですか!?」

「うふふ。ワタルくんっていつも面白い反応をするんだね。あるわよ？」

「すごい！　行ってみたいです！」

「それなら街を出て南に伸びている道を進んでいくと、看板が出ているはずよ」

「ありがとうございます！　早速行ってみます！」

ダンジョンと聞くだけでワクワクする。前世のゲームでもよくあったダンジョン。そこには険しくてもワクワクする冒険があるはずだ。

「ダンジョンは危険な魔物も多く出るから気をつけてね？」

「はいっ！」

ダンジョンについて詳しく聞きながら朝食を食べ終えた。

「宿と食事、ありがとうございました」

「ううん。こちらこそ助けてくれてありがとう。大怪我しなくて済んだし、これくらい大したことないわよ。もし困ったことがあったら、いつでも私たちを訪ねてきてね」

「はい！　その時はよろしくお願いします！」

第2話

ジータさんたちに別れを告げて、早速街の南に向かう。

街の中央にはお店がたくさんあるけど、そこから少し外れると民家が多く並んでいた。

ちょっとした広い空き地では子どもたちが遊んでいたり、散歩を楽しんでいるカップルがいたりする。

そんな生活感を感じられる街を抜け、南門を出て道沿いを歩く。

看板が出ているらしいから、ゆっくり足を進めた。

しばらく歩き続けると、看板に「アルゼンダンジョンはこちら」の文言と矢印が書かれていた。

「どうやらこっちみたいですね」

カミラさんも確認して頷いた。

分かれ道を右に曲がり、さらに進む。

またしばらく歩くと、道が洞窟に続いているのが見えた。

『あそこがダンジョンみたいだね。こんな場所にダンジョンがあるなんて知らなかったわ』

「カミラさんはダンジョンに入ったことがあるんですか？」

『そうね。昔ちょっとね』

カミラさんって博識というか、経験豊かというか、なんでも知っているよね。

僕は初めてのダンジョンにワクワクしながら、みんなと中に入った。


中は想像通り洞窟そのもので、くねくねした道が続いている。

気になる点を挙げるなら、壁から不思議な気配——魔力を感じるということだ。

『壁が気になるの？』

「えっと、不思議な魔力を感じるんですよね」

『ダンジョンはね、生きているのよ。壁を壊してもまた再生したりするのよ』

「へぇー！　そうなんですね！　やってみてもいいですか？」

『いいと思うけど、あまりたくさん壊すと何が起きるか分からないわよ？』

気になったので叢雲《むらくも》で壁を斬ってみる。

壁に小さな傷がついて地面に石がポロポロと落ちた。

しばらく観察していると、壁につけた傷が少しずつもとに戻り始める。

「すごい！　壁がもと通りになりましたね！」

『ダンジョンはもとの姿に戻りたがる習性があるみたいなのよね』

戻ってるところをよく見ると、壁を覆っている魔力が壁に変わっていく。

そして壁を傷つけた時に地面に落ちた石は粒子となって、魔力としてまたダンジョンに吸収されていった。

「なるほど……ダンジョンの壁は金属ではなくて、魔力の塊だったんですね」

『ん？　どういうこと？』

「えっと、この壁も魔力で作られていますし、石も魔力に戻っていきましたから、具現化する魔法と言うか、ダンジョン自体が魔法みたいなものかなと」

『ふ、ふむ？　ワタルくんって意外と考えるのが好きなのかしら……』

カミラさんが何かをボソッとつぶやいたけど、声が小さくて聞こえなかった。

アルトくんを先頭に道を歩き進める。

アルトくんに続くコテツの後ろ姿がまた凛々《りり》しくて微笑ましい。

念のため【レーダー】にも意識を向けると、ダンジョンが入り組んだ形なのがよく分かる。

「アルトくん、そこは左だよ」

僕の言葉に従って道を進んでいく。

「その先に魔物がいるよ～」

『分かった！』

最初に出会った魔物は大きな蛇型の魔物だったけど、アルトくんの爪攻撃の一撃で倒れた。

倒した魔物を観察していると、その全身が透けていき、最後は魔力の粒子となって姿を消した。

そして、消えた魔物の跡には、青く光る不思議な小さな宝石が落ちていた。

「カミラさん、これはなんですか？」

『ワタルくんって運がいいわね。それは魔石と呼ばれているモノだよ。中に魔力が込められた石と言えばいいのかしら。使い道が多いから、街ではたくさん買い取りしているのよ』

「確かに石の中から魔力を感じますね。それにしても運がいいということは、落ちないこともあるんですか？」

ダンジョンの壁から感じる魔力と似ているけど、魔力の雰囲気が少し違う。

『その通りよ。むしろ魔石が残ることが稀《まれ》なのよ。魔物によって落とす大きさが違うから、強い魔物を倒して大きな魔石を狙う魔石ハンターを生業《なりわい》にする人もいるくらいだよ』

「おお！　魔石ハンターー！　かっこいい名前です！」

『ふふっ。ただ毎回残る訳じゃないから、地上の魔物を狩った方が生活はしやすいそうよ』

「そうなんですね～。魔石ってどれくらいの確率で残るんでしょう？」

『ん～、聞いた話では百体のうち一体から落ちるそうよ？』

「思っていた以上にとても低かったです……」

『そうね。だからワタルくんは運がいいのよ。私がダンジョンに入る時に魔石のことを説明しなかったのも、いつ落ちるか分からないから、落ちてから説明をしようと思っていたの』

僕は手の中にある魔石を見つめた。

最初は青色だと思ったけど、透明な石の中に青色の魔力がうねって水色に光っている。

「カミラさん。魔石って全部青いんですか？」

『ううん。青色以外にも、赤色と黒色があるわ。ただ、赤色と黒色はなかなか手に入らないし、どこから手に入るかも分からないわよ』

「えっ？　どこから手に入るか分からない？」

『ええ。書面でしか残ってないくらい貴重なものなの。だから、普通は青色の魔石しかないと思ってくれていいわよ』

赤色と黒色の魔石………覚えておこう。

魔石について色々知れたので、また道を進みながら魔物を狩っていく。

アルトくんやコテツが楽しそうに魔物を倒していった。

しばらく狩りを続けていると、カミラさんが目を細めてボソッとつぶやいた。

『おかしいわ………』

実は僕もカミラさんと全く同じ感想を持っている。

その理由は――目の前に落ちている魔石のせいだ。

くねくねしたダンジョンの奥を目指して進みながら、魔物を狩る。

アルトくんとコテツが交互に倒しているが、そこで異変を感じた。

「えっと………また落ちましたね？」

『ありえないわ……魔石がこんなに落ちるなんて聞いたことないもの……』

「あはは……はは………」

理由は分からないけど、倒した全ての魔物から魔石が落ちている。

最初の三回までは偶然かなと思っていたけど、それが十回も続くと何か変だと感じた。今三十個目の魔石が落ちたので、魔物を狩ると魔石が必ず落ちていることになる。

拾った魔石は全てアルトくんの背中に括《くく》りつけた鞄の中に入れた。

数が増えれば増えるほど重くなるので、どうしようかなと考えているところだ。

「あ！　そろそろ最奥ですね！」

【レーダー】にダンジョン内の一番広い場所が映っていて、そこから先は道がない。

ダンジョンというから複数の層になっているのかなと思っていたけど、一層しかなかった。

『周囲の地形が分かるのも信じられないわ……ダンジョンで道に迷わないなんて………』

カミラさん曰《いわ》く、ダンジョンでは道に迷って出られなくなる人がいるそうだ。なので、入る時は長期間いられる準備を整えて入るみたい。

道を進んで最奥の広間に着くと、広い空間の奥に不思議な扉が見えた。壁に埋もれている訳ではなく、ただポツンと立っている。

扉は壁についているモノというのが僕の常識だからか、ものすごく違和感を覚える。

『あの中がボス部屋よ』

「ボス！」

その言葉だけでワクワクが止まらない。

『ワタル！　入ってみようぜ！』

「うん！」

恐る恐る扉を開いた。

扉の先は虹色の不思議な光がうねうねしていて奥が見えない。

「このまま入ればいいんですよね？」

『そうね。ボスがすぐに攻撃してくることはないと思うけど、一応用心しておいてね』

「はい！」

扉の奥に一歩足を踏み入れた。

通り抜ける際、虹色の光で視界がいっぱいになり、先ほどの広間より数倍大きい空間が現れた。

中は光が全く差し込まないのに、不思議と明るい。

全体を照らしている光……ダンジョンが帯びている光だったんだね。

みんなでボス部屋に入ると扉が閉まり、カチッと鍵がかかる音が響いた。

これはボス部屋に他の人が入らないようにするためで、逃げる時は内側から鍵を開けて外に出ればいいらしい。

扉が閉まってすぐ、広間の奥に黒い靄《もや》が立ち昇って形を作り始めた。

大きな形を作った黒い靄の中から姿を見せたのは、巨大な人型の牛の魔物だった。

『ミノタウロスだわ！　かなり強力なボスで、ボスの中ではハズレよ！　気をつけて！』

カミラさんがハズレと言う魔物のボス。それは、場合によっては当たりとも言えた。

強力なボスほど倒した際の報酬は高くなるが、その分危険性が高い。

初めてのボスがミノタウロスというのは、そういう意味ではハズレなのだろう。

「ワンワン！」

「ごめんごめん。エクスカリバー！」

コテツの催促でスキル【武器防具生成】をコテツに使って専用武器、聖剣エクスカリバーを呼び出した。するとコテツが眩《まばゆ》い光に包まれ、茶色だった毛が真っ白に変わって「勇者モード」になった。

ダンジョンの中で勇者モードとなったコテツの美しい白い毛並みが光り輝く。

「がおーん！」

真っ先にコテツが飛び出た。

『姉上様！』

『分かってるわよ！』

アルトくんとカミラさんが左右に分かれて飛び出して、コテツと三方向から中央のミノタウロスを攻め始める。

ミノタウロスがコテツに狙いを定めて走り出したが、両サイドから雷攻撃がミノタウロスを襲う。

僕も【武器防具生成】で専用武器、叢雲を取り出してコテツの後ろを追った。

アルトくんたちの雷攻撃で足が竦《すく》んだミノタウロスに、コテツが連続で斬撃を浴びせた。

「グルァアアアアアア！」

大きな咆哮《ほうこう》による音圧でコテツは飛ばされたが、なんてことないというように空中で体勢を整えて、悠々と着地するコテツ。

その着地と同時に、今度は僕が攻撃を始めた。

ミノタウロスとの身体の大きさがあまりにも違い、胴体を攻撃するにはリスクが伴うため、足元を斬りつける。

すぐに振り下ろされる巨大な斧の気配を感じて、後方に瞬時に離脱した。

斧が空振りして地面を叩きつけると同時に、また雷がミノタウロスを襲う。

強いボスというだけあって、ものすごくタフだね……！

どうやって攻撃しようかなと悩んで、思いついたある戦法を試すことにする。

雷攻撃が鳴り止む前に、手に持った叢雲をミノタウロスの頭部に目掛《めが》けて投げつけた。

叢雲が後頭部に刺さるとミノタウロスがまた大きく吠える。

数秒すると刺さった叢雲が消えたので、再度召喚する。

これなら魔力を1だけ消耗して、叢雲を投げナイフの代わりに使える。ふと思いついた作戦だったけど、上手くいってよかった。これからも戦いで使えそうだ。

ミノタウロスが僕に向きを変えて、巨大な斧を一心不乱に振り下ろす。

エレナちゃんのお父さん、ゲラルドさんから教わった「相手が自分を攻撃している間、仲間がいるなら回避に専念して味方を信じる」を実行する。

本来なら相手の攻撃にカウンターを合わせるのが定石《じょうせき》だったが、味方がいるなら味方の攻撃のチャンスにもなるので、そのまま注意を引きつける。

ミノタウロスの斧が地面を叩く度に、地面の石が周囲に飛ぶので、叢雲で飛んでくる石を払いながら振り下ろされる斧を懸命に避けた。

今度はコテツがミノタウロスの背中を駆け上がり、後頭部に素早く聖剣を連続で斬りつける。

コテツを追い払うためにミノタウロスが後頭部に左腕を上げたタイミングで、僕は叢雲をその顔に目掛けて投げつけた。

ミノタウロスは飛んできた叢雲を左手で防いだため、後頭部にいるコテツの攻撃がやむことなく続いた。

『コテツ殿！　行くぞ！』

アルトくんの声が聞こえて、コテツが後ろに大きく跳んだところに強烈な雷が落ちる。

先ほどの雷より威力が数倍大きくなっていて、ミノタウロスが痛々しい鳴き声を上げた。

最後に僕が、再度叢雲を顔面に目掛けて投げつけて、それが頭に刺さると、ミノタウロスの身体が真っ黒い靄になって空中に消えていった。

「コテツ！　カミラさん！　アルトくん！　勝ったよ～！」

「ワンワン！」

『勝ったぞ～！』

『勝ってしまったわ………』

飛んできたコテツが僕の顔を舐《な》め始める。

「あはは～、くすぐったいよ～、コテツ～」

アルトくんも来てコテツと一緒にわちゃわちゃし始める。

僕とコテツとアルトくんでわちゃわちゃしてたら三人が丸くまとまって、ぐるぐる転がった。

転がった先で何かにぶつかる。

「あ～！　宝箱!?」

人生で初めて見る宝箱だ。

ゲームとかアニメでしか見たことがない宝箱は、僕が異世界で夢見ていたものの一つでもある。

「カミラさん！　開けてみてもいいですか？」

『もちろんいいわよ』

「じゃあ、早速開けてみます～！」

宝箱の上部を両手でつかんでゆっくり開ける。

開いた中から眩《まぶ》しい光が溢れ出した。

「眩しい～！」

目を細めながら宝箱を全開にした。

するとパカッと開いた宝箱から光が消え、中が見えるようになった。

「えっと……？　これはなんだろう？」

宝箱の中に入っていたのは――薄緑色の布だ。いや、マントか？

手に取ってみると、ものすごく触り心地がよくて、前世のシルクのような肌触りの布だった。

広げてみると、とてもじゃないけど、僕が着用できるサイズには思えない。

だって、小さな僕でも小さいと感じる大きさだから。

首に巻けるようになってるから、マントなのは間違いなさそうだけど……。

その時、コテツが視界に入る。

コテツとマントを交互に見て、おもむろにコテツの首元に持っていき、マントをつけてみた。

「わあ～！　コテツ！　すっごく似合ってるよ！」

薄緑色のマントが、通常時に戻ったコテツの茶色い毛並みにとても似合っていて、勇者モードのコテツとはまた違う感じの勇者っぽさがある。

『コテツ殿にとても似合ってますな～！』

「ワンワン！」

『珍しいわね……本来ならワタルくんの装備が出ると思うんだけど…………』

「僕は今のままでも十分満足してますから。コテツに似合うモノが出てきて嬉しいです！」

『まぁそれならいいけど。あんなに強いボスを倒したから、性能もきっといいモノだと思うわ』

「肌触りはとてもいいんですけど、装備品としての性能もあるんですね。どんな性能なんだろう？」

「ワン～！」

一回吠えたコテツは、なんとその場から――――

「ええええええ!?」

『おお～！　コテツ殿！　すごいですな！』

『これはまた大当たりを引いたみたいだね』

僕たちが驚くのも無理はなかった。

だって、目の前のコテツは――――少し宙に浮いていたのだから。

○

ダンジョンからゆっくり帰る道。

コテツは手に入れたマントが気に入ったらしくて、僕たちの前を飛んだまま進んでいる。

ボスを倒して手に入れた装備らしい高性能で、着用者を浮遊させる力を持っているみたい。

ただし、どこまでも飛べる訳ではなく、地面から二メートルくらいが限界のようだ。

飛ぶ速度はコテツが普段から走れる速度と同じで、まっすぐ飛ぶ時は足をまっすぐ伸ばすのに対して、上がったり下がったりする時は足をパタパタさせるから空中を走っているように見える。

『コテツ殿、ご機嫌ですな～』

「ワン！　ワン！」

『それは羨《うらや》ましい～！　僕もいつか飛べるかな？』

「ワフッ！」

『そうですな！　今度は僕が着用できるマントが出るといいなぁ～』

「ワン！」

ふむふむ………。

多分「アルトくんの専用マントもいずれ出るよ～」と言っているのかな？

段々コテツの言っていることが分かってきた気がするわん。

帰り道で倒した魔物からも当たり前のように魔石が落ち、それを全て拾って帰る。

ベン街に着く頃には、お日様が傾いて辺りが暗くなり始めていた。


「わ〜い！　ママ〜！」

目の前に仕事から帰ってきたお母さんに抱きつく小さな女の子が見える。

お母さん………か。

「わふん……」

「コテツ……心配してくれるの？」

「わふん」

「あはは……ありがとう。でも僕より、むしろ母さんの方が心配だね」

「ワン！」

「そうかな？　そうだといいけどね」

『ん？　ワタルくん』

「はい？」

『コテツ殿の話す言葉が理解できたの？』

「えっと、言葉としては分からないですけど、気持ちは伝わってきます」

カミラさんは目を細めた。

『そう………お母さんは一人で住んでいるの？』

「僕とコテツがここにいるなら……そういうことになりますね」

『………もしかして、旅の目的もそれだったり？』

カミラさんにそう聞かれると、なんとも言えない気持ちになった。

母さんと二度と会えない場所に来てしまったから、どこかで母さんを忘れようとしていたのかもしれない。

前世ではシングルマザーとして僕を育ててくれた母さん。

学生の頃、イジメによって精神的に参っていた時に、心配した母さんが連れてきたのが柴犬のコタロウだった。

それから僕も大人になり、社会人となってコタロウと過ごす時間もぐっと減ってしまったけど、そこには確かな絆《きずな》があった。

コタロウが亡くなった日には、数日有給を取って悲しみに暮れた。

それを見かねて、母さんがまた連れてきたのがコテツだ。

仕事ばかりでコタロウをあまり構ってやれなかったことを後悔していたから、コテツとはできる限り長く過ごしていこうと決意した。しかし、コテツとの時間もそう長くは取れなかった。会社から大きなプロジェクトを任されるようになり、毎日残業続きだったから……。

そして――あの日も残業の帰りだった。

「多分……もう会えないと思います」

分かっていたけど、口にすると激しい悲しさが込み上げてくる。

『っ！　ワタルくん！』

「はい⁉」

カミラさんが急に大きな声を出す。

『もしかしたら会える方法があるかもしれないわよ？』

その言葉に、僕は心臓の高鳴りを感じずにはいられなかった。

○

ダンジョンからベン街に戻った僕は、まずは魔石を換金するために魔石換金所にやってきた。意外なことに、魔族も人族も個人間での売買は推奨されていないみたい。

色々ややこしい理由があるらしいけど、一番の理由としては『国が魔石を欲しているからだと思う』とカミラさんは言った。

人族の街では冒険者ギルドなるモノがあって、魔石は基本的に冒険者ギルドか王城で買い取りをするみたい。

魔族の街には魔石換金所が設置されていて、小さい村では村長が管理しているそうだ。

「いらっしゃいませ」

魔石換金所に入ると綺麗なお姉さんが出迎えてくれた。

パッと見では人族と間違うほどに魔族っぽさはないんだけど、黒く長い髪から横に伸びた長い耳が魔族であることを示していた。

と言うより……。

「もしかしてエルフ!?」

「あら？　エルフは初めて見ますか？」

「ご、ごめんなさい！」

「うふふ。いらっしゃいませ、可愛いお客様。でも一つ言っておきますけど、私はエルフ族ではなくてダークエルフ族ですよ」

ダークエルフ！

人族と違うのは、耳が尖っていることと肌の色が黒いことだ。黒というより、肌色と黒色を足して割ったような色だね。

換金所の中はとても清潔で、販売店ではないからか商品は何一つなく、絵画や調度品が壁に数点並んでいるだけだった。

『初めまして。魔石を売りに来ました』

「!? び、白狐!?」

「こちらは僕の仲間なんです」

『うむ。仲間ですぞ』

「白狐族が仲間!? し、信じられない……」

白狐族ってそんなに珍しいのかな？

このままだと先に進まないので、魔石の話をする。

「えっと、魔石の買い取りをお願いしてもいいですか？」

「へ？ も、もちろんですよ。売りたい数をここに載せてください！」

少し慌てるダークエルフのお姉さんだったけど、すぐに接客モードになった。プロらしい対応だ。

アルトくんの背中の鞄から魔石を全て取り出してカウンターに並べる。

一つ、二つ………どんどん魔石の山が積み上がっていく。

「ま、待ってください！ まだ出てくるんですか!?」

目の前の魔石の山にお姉さんが驚いて叫んだ。

「これで全部です～」

「そ、そうでしたか………ちゃんと数えてませんが、これなら金貨五枚くらいになりそうですね……今から計算しますので少々お待ちください」

お姉さんは気合を入れて魔石を数え始めた。

それにしても金貨五枚って、魔石って意外と高く売れるんだ……？

この世界の貨幣は、小銅貨一枚が一円相当で、百枚で銅貨に、銅貨百枚で銀貨一枚に、銀貨百枚で金貨一枚になる。

僕がカウンターに載せた魔石は全部で五十個くらいで、それが金貨五枚となると、魔石一つの買い取り値段は大体銀貨十枚の値段みたいだ。

しばらく数を数えていたお姉さんが所内の裏に行き、何かが入った袋を持って出てきた。

「全部で五十六個になりまして、一つ銀貨十枚になりますので、金貨五枚と銀貨六十枚になります。ご確認ください」

「ありがとうございます！　丁度入ってました！」

「は、早い!?　こ、こほん。売却、ありがとうございました。こんなに大量の買い取りはしたことがなかったので驚きました。色々失礼いたしました」

お姉さんは少し苦笑いを浮かべて深々と頭を下げる。

せっかくの機会だからお姉さんに疑問を投げてみる。

「魔石って何に使うんですか？」

「魔石は大型兵器に使われたりしますね～。最近は戦争をしていますからね」

「兵器!?」

「ふふっ。ですが噂によれば、戦争もそろそろ終わるんじゃないかとのことですから、その他の使い道となると、魔道具を動かして物を作ったりします」

「魔道具⁉」

初めて聞く言葉ばかりなので、驚くことばかりだ。

「魔石は非常に需要が高いので、また手に入れたら持ってきてくださると助かります」


お姉さんに挨拶を終えて、ダンジョンに行って初めて稼いだお金を持って宿屋に戻った。

ダンジョンでの活動で一日が経過したので、次の街に行くのは明日にするつもりだ。

昨日はグランさんたちが宿泊料を出してくれたけど、今日は稼いだお金で泊まろう。

宿屋の店員さんに昨日と同じ部屋をお願いして、銀貨二枚を払った。ちなみに、食事代も一日分で銀貨二枚だ。

一日で銀貨五百六十枚を稼いだ。宿代とか食事代を入れても三か月以上生活できると思うと、魔石ってすごい稼ぎになるんだなと改めて驚いた。

○

その日の夜。

ようやくカミラさんに、母さんと会えるかもしれない方法を聞くことになった。

ふかふかのベッドに腰をかけて、コテツとフウちゃんが気持ちよさそうに眠っている中、僕とアルトくんはカミラさんの話を聞くためにワクワクした気持ちでいた。

カミラさんから『お母さんに会える方法があるかもしれないわ』と言われた時、ゆっくりできる場所に着いたら話すとのことで、それからずっとワクワクした気持ちでいたのだ。

「カミラさん……！」

『ふふっ。珍しく食いつくわね。まぁ、私が言い出したことだし、そろそろ話すわ』

「お願いします！」

『話の前に、ワタルくんは確か記憶がないんだったわよね？』

前世の記憶はちゃんとあるけど、転生のことを話しても仕方がないので記憶喪失と言っている。

「そうです」

『ということは、この世界のこともあまり知らない感じよね？』

「はい。以前勇者と戦った後にやってきた聖女のステラさんのおかげで、世界の国の名前くらいはいくつか知っていますけど……」

『バンガルシア帝国とホーリーランド神聖国《しんせいこく》、エデンソ王国ね？』

「はい！」

一緒に理解しようと頷くアルトくんを見ると、カミラさんって知らないことがない博士みたい。

『国の配置は知ってる？』

「配置か～。いえ、それはまだ分からないです」

『では少し世界のことを先に話しておくわね』

それからカミラさんの説明が続いた。


この世界は大きな一つの大陸となっていて、中央にある聖樹ユグドラシルを中心に各国がある。

まず、この世界で最も強大な力を持つのが、大地の女神ガイア様の眷属《けんぞく》であるエルフが治め、聖樹ユグドラシルを守っている国アルフヘイム。アルフヘイムは基本的に他国とは全く関わりを持たず、ただただ聖樹ユグドラシルとその周囲の森を守り続けている。アルフヘイムの領地は聖域と呼ばれており、正規ルート以外で入った者は理由を問わず処刑されてしまう。つまりその場で撃たれるみたい。

次に大きな勢力は、エヴァさんが魔王として君臨している魔族の国エラシア。大陸の東部を領地に持ち、全ての国の中でもっとも領地が広い国でもある。ただし、エラシアは四つの派閥に分裂しており、エヴァさんが直接支配している領域の他に、三つの種族が支配する領域がある。その三つの種族というのが巨人族、ダークエルフ族、鬼人族だ。ちなみに、エヴァさんが治める領域にはデモン族が住んでおり、彼らは全ての魔族を人族から守るためにエラシア国を作った種族だ。

エラシアに続いて三番目に大きな勢力は人族のバンガルシア帝国で、大陸の北に広い領域を持つ。人族の国の中では一番強い力と権力を持ち、支配地も広い。

四番目は大陸西にあるホーリーランド神聖国。この国は女神様を崇拝している人族の国だ。国としての力は他よりは弱いけど、聖騎士という絶対的な戦力や、女神様を崇める絶対的な権力があるという。

人族の全ての国はホーリーランド神聖国には抵抗しないし、代わりにホーリーランド神聖国も自領域以外には基本的に口出しすることはない。

その他は、アルフヘイムを中心にエラシアとの間、帝国との間、神聖国との間にいくつもの小国がある。以前、人族と魔族が停戦のための話し合いを行った時に、人族の国の一代表として参加していたエデンソ王国は、その中の一つだ。

最後に、勇者が所属しているフェアラート王国。魔族の国エラシアに最も近い人族の国であり、カミラさん曰く、人族の中では小国でありながら勇者が生まれたことで、大きな権力を持つようになったという。

『国の配置の説明が長くなってしまったけど、ワタルくんのお母さんに会えるかもしれないと言った話に戻すわね。中央にある聖樹ユグドラシルは色んな奇跡を起こすと言われているの。その中でも奇跡を具現化しているのが、アーティファクトと呼ばれているアイテムよ！』

「アーティファクト？」

『色んなアーティファクトがあるんだけど、代表的なものを挙げると、聖剣と呼ばれている剣がそれね。今はワタルくんが持っているでしょう？』

「勇者から奪った聖剣エクスカリバーですか⁉」

『そうそう。そういった大きな力を持ったものがたくさんあるのよ』

作ることも手に入れることもできないものすごいレアなアイテム、という感覚でいいのかな？

アーティファクトがどうやって生まれるのかは、ものすごく興味がある……！

『全部公表されている訳じゃないけど、有名なアーティファクトが一つあるわ』

「どんなものですか？」

『アーティファクト・アナライザー。遠くにいる人を誰でも見つけることができるというアーティファクトよ。それがあれば、ワタルくんのお母さんを探すこともできるはずよ』

アーティファクト・アナライザー――誰でも見つけることができるもの。

でも……母さんはこの世界の人ではない。だからカミラさんには申し訳ないけれど、母さんを見つけることはできないと思う。

ただ、カミラさんの話で気になったことがある。

僕はこの世界に来た時、八歳児として生を受けたと思っていた。

カミラさんの話によると、勇者はこの世界で生まれたらしい。現れたのと生まれたのでは意味合いが変わってくる。

勇者がこの世界で生まれたのなら、僕もこの世界で生まれたと考えてもおかしくない。

もしかしたら、この世界で生まれた僕が記憶喪失になって、前世の記憶だけが蘇ったのかもしれない。

つまり…………前世の僕と関わりはないが、この身体を産んでくれたこの世界の母さんがいるかもしれない。

ともかく、もしアルフヘイムに行くことがあれば、そのアーティファクト・アナライザーを探してみようと思った。

○

翌日。

宿屋の部屋から食堂に降りると、また美味しい食事が速《すみ》やかに出てきた。

食べている最中に、ジータさんも降りてきて挨拶を交わす。

そして同じテーブルに座り、一緒に食事を楽しんだ。

昨日あったことを軽く話すと、ジータさんが大袈裟に驚いた。

「一日で金貨を稼げるなんてすごいことよ？　それに魔石を手に入れたなんて……強いとは思ったけど、ワタルくんって八歳とは思えないわね…………」

「あはは～。僕が強いんじゃなくて、コテツとアルトくんが強いんです。ダンジョンでも魔物は全て二人が倒したんですよ～」

「そう言えば、アルト様は白狐族だったものね。カミラ様もね」

ジータさんはなぜかアルトくんたちに様をつけて呼んでいる。

「そうですね。カミラさんもアルトくんも雷魔法とか強いんですよ」

ゆっくりジータさんに近づいたカミラさんは、何やら小さい声で話し始めた。

『…………ジータ』

「はい？」

『…………言っておくけど、私たちよりワタルくんの方が遥かに強いからね』

「……やっぱりそうなんですね」

『うん』

何を話しているんだろう？　女性同士の会話かもしれない。

そう思うと、少し顔が熱くなる。種族が違うとはいえ、僕は女性と一緒に旅をしているんだ。

前世では女性と関わることなんて殆どなかったから、カミラさんは人間じゃなくて白狐族だけど、
母さん以外で一番長く一緒にいた女性になるのかな？　まだ数日だけど。

でもそれを言うならエレナちゃんやエリアナさん、ステラさん、エヴァさんもか。いや、エレナちゃんとは一緒に寝たし、風呂も…………。

『ワタルくん？　顔が真っ赤よ？』

「へ!? な、なんでもないです！」

『ふぅ～ん？』

「ところでワタルくん、今日はどうするの？」

「ダンジョンも見ましたし、このまま東を目指してみようかなと思ってます」

「東か～。ここから東に向かうと分かれ道があるんだけど、間違っても南方面には行かないでね？」

「ん？ 何があるんですか？」

「あそこはね。うちの国に所属していない魔族が住んでいるの。もしもの時は助けてくれるかもしれないけど、普段はあまり関わらないの。ワタルくんなら攻撃もされかねないわ」

もしかして、カミラさんが言っていた四大種族の三種族のうちの一つかな？

『多分、それは鬼人族の領域だね？』

「そうよ。鬼人族の森は入るとすごく怒られるから、あまり近づかない方がおすすめよ。うちのベラルさんと一緒なら入れるだろうけど、そのベラルさんですら、あそこはあまり好きじゃないって言ってたから」

「そうなんですね。忠告ありがとうございます！ 鬼人族の森には近づかないで、そのまま東の街を目指しますね」

「それがいいと思うわ。何か困ったらいつでも訪ねてきてね」

「はい！ ありがとうございます。ジータさん」

食事を終えて、ジータさんと握手を交わした。

第3話

そのまま東門からベン街を出て街道を歩き始める。

少し歩いてみたいから、今回はゆっくりと進んでいる。

この世界ではまず雨が降ることがないそうだ。急に天候が崩れたりもしない。

前世では考えられないけど、雨が降らなくても全く心配ないみたい。それは世界中にある魔素のおかげだそうだ。なので普段は常に晴れた天気で生活できる。

晴れた天気の中、ゆったりとした気持ちで周囲の自然を感じながら進んでいく。

お昼は街道のそばに敷物を広げて、宿屋にお願いして作ってもらった弁当を取り出す。

弁当をみんなに渡して、自分の分を食べる前に、フウちゃんに僕の魔力を与えるため魔力で鉄棒を作って食べさせた。

『ご主人様！　大好き！』

ご飯を食べ終えると僕に跳んできて、足をもみもみしてくれる。

僕がオーナーを務めるスライムのマッサージ店『ぽよんぽよんリラックス』の店長、セレナさんから教わったマッサージ術らしくて、身体の形を変えながらもみもみしてくれるし、丁度いい加減でもある。

　魔物たちは狩りで経験値を獲得する訳ではなく、食事《魔力》を取って経験値を獲得してレベルを上げる。

それもあって、フウちゃんたちもめきめき成長している。

　フウちゃんが僕の足をもみもみしてくれる間に、僕は自分の弁当を開いた。中には野菜と肉がバランスよく詰まっていて、おにぎりのようなモノも入っている。

　異世界だから米とかないと思うんだけど、なぜか出てくるのは米みたいな食べ物なんだよね。

　厳密に言えば米ではないんだけど、米に限りなく近く、食感と旨さも米と違いがない。

　米だけでなくフワフワのパンもあるので、異世界の食事はとても美味しい。

　料理ができればもっと楽しいんだろうけど、できないのでそれは諦めた。

『ワタル、ここからもゆっくり歩いていくのか？』

「ん～、お昼ご飯食べたし、アルトくんは走る？」

『うむ！　走りたいぞ～！』

「ではお願いするね！」

『任せておけ！』

　午後はアルトくんの背中に乗り込んで走る。

　大きな鞄が丁度背中に当たり、背もたれになった。

街道を進んでいくと分かれ道が現れた。

そこには看板が出ていて、「この先は鬼人族の森。許可なき者は立ち去れ」と書かれている。

看板を横目にジータさんの忠告を思い出して、そのまま正面に向かって走り続ける。

その日は夜になっても次の街には着かなかったので、野営をすることにした。

アルトくんの鞄の中からテントを取り出して設置する。

大人二人が入れるテントで、これならカミラさんとアルトくんが丸まると丁度いい。

テントでは今でもカミラさんの前足の中で眠っていたりする。

カミラさん的には、僕は抱き枕のようなモノなのかも……。


朝起きると、眠ってすっきりしたのか、凛々しい顔のコテツと嬉しそうなフウちゃんが見えた。

「おはよう。フウちゃん、コテツ」

「ワンワン！」

『ご主人様！　敵なし！』

野営の時は、眠らないフウちゃんが見張り番をしてくれる。コテツも長い時間眠る訳じゃないので、フウちゃんが寂しがらないように一緒に見張り番を手伝ってくれたりする。

フウちゃんとコテツを優しく撫でてあげて、気持ちいい朝を迎えた。

朝ご飯は簡単に火を起こして温かいスープとパンを食べる。

カミラさんたちもパンは嫌いじゃないみたい。

食べ終わった皿は全てフウちゃんが綺麗にしてくれる。マッサージだけでなく、掃除も担当してくれるフウちゃんに大助かりだ……！


今日はカミラさんの背中に乗り込み、街道を走っていく。

朝の爽やかな風が気持ちいいね。

街道を進んでいくと、前方に馬型の魔物が引く馬車が見えた。

馬車よりもカミラさんの方が速いので、そのまま走って横を通っていく。

しかしその時、僕はあることに気づいた。

「っ⁉　カミラさん！　馬車に近づいてください！」

『分かったわ！』

カミラさんに頼んで馬車と並んで走ってもらう。

馬車の中からは鋭い視線で僕を睨んでいる人が数人いた。

「待ってください！　怪我人がいるなら僕が治します！」

「どうしてこんな場所に人族がいるんだ！　槍はないのか⁉」

中から敵意むき出しの返事が返ってくる。

このままではまずい気がした。

「カミラさん、中に跳び込みます……！」

『気をつけてね！』

「コテツ！　フウちゃん！　他の人を止めてくれ！」

「ワン！」

『はい！　ご主人様！』

コテツがマントを着用して飛んだまま、馬車の扉を吹き飛ばして中に入る。

「なんだこいつ⁉」

「斬れ！　必ず姫様を守るんだ！」

中から怒声が聞こえたが、コテツが彼らを優しく吹き飛ばし、その間にフウちゃんと一緒に跳び込んだ。

馬車の中に跳び込んですぐに、鼻をついたのは――――血の匂いだ。

「退いてください！」

血まみれの女性を抱えている別の女性に叫んだけど、退く気配が全くない。

「フウちゃん！」

『はい！』

フウちゃんはそのまま彼女たちの身体を動けないように包み込んだ。

その隙に血まみれの女性に向かって【慈愛の手】を発動させる。

柔らかい緑の光が馬車内に広がった。

「姫様ああああああ！」

護衛たちの怒声が鳴り響く中、【慈愛の手】を受けた血まみれの女性の傷がどんどん回復していく。

その姿を見た護衛たちは段々静かになり、そのままぼーっと見続けていた。

「皆さん！　僕たちは敵ではありません。僕には回復させる手段があるので、このまま続けさせてください！　この人の容態は本当に危険なんです！」

僕の言葉に応えるかのように頷いた彼らは、その場で武器と――涙を落とした。

強引に馬車に突撃したのは、通り過ぎる際に血の匂いを感じたから。それも普通ではない感じがした。強行策を取ってしまったけど、これでよかったと思う。

静かになった護衛たちに見守られながら、僕は回復を続けた。


「数々の無礼、大変失礼しました」

護衛たちが深々と頭を下げる。

よくよく見ると――彼らの頭に角が生えている。

ジータさんが忠告してくれた鬼人族に間違いなさそうだ。

馬車自体もボロボロになっているのが気になる。

「助けることができてよかったです」

回復が終わって穏やかに眠っている女性鬼人を見つめる。

美しい緑色の長い髪に、額から小さな一本の角が生えている。

見た目からして、エヴァさんやステラさんと同年代くらいかな？

「それはそうと、今すぐこの場を離れた方がいいと思います」

真剣な表情でメイド服姿の女性鬼人が言う。

「ん？　どうしてですか？」

「事情を話すことはできませんが、我々は追いかけられているのです。助けてくださった皆さまを巻き込む訳には…………」

「追いかけられ…………」

急いで【レーダー】を確認する。

赤い点は見当たらないので、まだまだ追手は遠いと思われる。

「追手がいるなら僕たちが相手しますよ？」

「い、いいえ！　…………それはなりません」

彼女は申し訳なさそうに答えた。何か事情がありそうだ。

「分かりました。それなら一つ、僕から提案があります」

「はい？」

それから僕の考えを話すと、最初は「申し訳ない」と断っていた彼女たちだったけど、眠っている女性鬼人のことを考えてくれと説得すると、ようやく提案を受け入れてくれた。

○

ベン街の東に続く街道を進み、鬼人族が住む森を通り過ぎると、強力な魔物が住んでいる「レイヴニザイア大河」と呼ばれている川が流れている。

大きな川をまたぐ大橋。

そこに向かうのは、馬型の魔物に乗った四人の鬼人たち。

「おい、待て。車輪の跡が下に向いているぞ」

大橋の前で止まった鬼人たち。その中の一人が崖の下の川を見つめる。

「あそこに姫が乗っていた馬車の車輪が落ちているぞ！」

「……他にも色々見えるが、本体は流されたのか？」

「車輪に仕掛けていた罠《わな》で外れて落ちたんじゃないか？」

「うむ。血しぶきも確認できる」

「撤退だな」

「そうだな。あれで生き残るなんて無理だろう。仮に生きていても、川の魔物に食われるだろう」

話し合った四人の鬼人は、やってきた道を逆に戻っていった。

○

しばらく物陰に隠れて、【レーダー】で彼らが戻ってこないことを確認する。

「みんな帰りましたよ～」

僕の声に茂みの中から鬼人族の皆さんが出てきた。

『よく思いついたわね。ワタルくん』

「どこまで追ってくるか分かりませんからね。ここで諦めさせた方がいいと思ったんです。それにしても、あの車輪に罠も仕込まれていたなんて……」

『そうね。ギリギリ外れる前だったものね』

僕の提案で――移動中に橋から転げ落ちたと思わせる作戦で、馬車を崖の下に落とした。

ひとまず、追手が諦めてくれたみたいでよかった。

「では姫様を安静にさせないといけないから急ぎますよ」

「ありがたい！」

助けた女性鬼人は、どうやら姫様みたい。

姫様をカミラさんの背中に乗せて、僕とコテツとフウちゃんで落ちないように支える。

申し訳ないけど、鬼人族の皆さんにはアルトくんと一緒に追ってきてもらうことにして、僕たちは一足先に次の街を目指した。

○

大橋を越えて街道を進むとパス街がある。

パス街はエラシア国の中でも有数の大都市で、王都に次いで大きい街でもある。

鬼人族の姫様を担いだままだと怪《あや》しまれそうなので、僕たちが昼ご飯の時に使う敷物で姫様をぐるぐる巻いて、バレないようにした。

「おい！　そこ！　待て！」

「は、はい！」

パス街に入ろうとすると、門番さんに止められた。

ドキドキしながら門番さんを見つめる。

「その荷物はなんだ！」

「えっと、シェーン街から持ってきた売り物なんです。高級敷物なんです」

「高級敷物………？　なっ!?　そ、それは!?」

えっ⁉　もしかしてバレた⁉

　一瞬緊張が走る。

「超高級品のヴールの毛で作られた敷物⁉　こんなに高いモノを…………ん？　魔王様のネックレス⁉」

「あっ！　これ、エヴァさんからいただいたものなんです」

　エヴァさんからもらった友人の証のネックレスを見せる。

「おおお！　魔王様のご友人様でしたか。連絡はいただいておりますが、念のために確認です。貴方《あなた》様が英雄ワタル殿ですか？」

「英雄⁉　い、いいえ、僕はただのワタルです」

「おお！　さあ、どうぞ中に入ってください。そのまま大通りを行くと中央広場の左手にミューぺという宿屋がございますので！」

「ありがとうございます！　長旅ですごく疲れていたので助かります。そこに向かってみますね」

　疲れたふりをしながら門番さんに手を振って中に入った。


　大通りを歩くと、多くの魔族たちが僕たちに注目した。

　シェーン街よりも広いこともあり、ものすごい人数の魔族だ。

　僕が人族だから珍しさがあるのかもしれないね。

でも誰一人声をかけてくることもなく、中央広場にたどり着いた。

早速、隣に大きく構えている宿屋ミューペに入った。

「いらっしゃいませ～！　ぬわあああ!?」

入ってすぐに笑顔満点の受付のお姉さんが出迎えてくれたが、彼女は僕を見てすぐに驚いた。

「こ、こんにちは。エヴァさんの友人のワタルといいます。長旅で疲れているので、急いで部屋を一つ借りたいんですけど……お金はここに」

魔石で稼いだ金貨を前に出す。

「もしかして英雄ワタル様でしょうか！　エヴァ様の友人の証を持っているのは英雄ワタル様しかいませんよね！　話は聞いております！　さあさあ、お金なんて気にせず上にどうぞ。案内します！　おやじ！　例の英雄様だよ～！」

「なんだとおおおおお！　スイートルームに案内しろ！」

「もちろんだよ!!　今から案内するね！」

あはは……僕は英雄でもなんでもないんだけどな………。

とにもかくにも、今は一刻も早く姫様をゆっくり休ませたいので、受付のお姉さんの案内に素直に従った。

階段をいくつか上がっていくと、広い廊下があり、奥に一つだけ扉が見えた。

「さぁ、今日はこちらの部屋にどうぞ。料金とか全く気になさらず、何日でも泊まっていただいてかまいませんので！　ゆっくりしてください！」

「ありがとうございます！　えっと、少し疲れているので、夕方までは――――」

「かしこまりました！」

とても理解が早い従業員さんで助かる。

中に入ると、スイートルームという言葉通り、すごく綺麗で広い部屋だった。

寝室にはふかふかで広いベッドがあったので、敷物でぐるぐる巻きにしていた姫様を横にさせた。

衣服に血液がついてるから脱がした方がいいと思うんだけど、僕がする訳にもいかないから、鬼人族の皆さんが来るまではこのままでも仕方ないか。

『ご主人様！　任せて！』

「うん？」

そう言ったフウちゃんが姫様に跳び込むと、衣服についていた汚れや血液を全て吸収した。どうやら僕の憂《うれ》いを感じ取ってくれたみたいだ。

「フウちゃんすごい！　ありがとう！　これなら姫様もゆっくりできると思うよ」

寝室を出てフウちゃんをわしわしと撫でてあげた。

そして【レーダー】を見ながらアルトくんたちがやってくるのを待つことにした。

鬼人族の皆さんが街にやってくるまで、数時間もかかった。

街の入口で彼らを迎えて、そのまま宿屋にやってきた。

「あら？　お仲間ですか？」

「はい。こちらの皆さんも仲間なんです」

「スイートルームだと部屋が足りませんね。それでしたら下の階にある部屋にご案内しましょう」

「ありがとうございます！　えっと、料金は後で必ず払いますので」

「何を仰いますか！　全てタダでいいですからね⁉」

スイートルームだけでもすごく高いはずなのに、その優しさが嬉しい。

これもエヴァさんのおかげだから、今度エヴァさんを通してこの宿屋に何かお礼を送りたいな。

姫様の件は宿屋に秘密にしたまま、それぞれ部屋で休んだ。

第4話

翌日。

鬼人族の皆さんがスイートルームにやってきて、リビングに僕たちと鬼人族の男性二人と女性一人が集まった。

「何から何まで本当にありがとうございます。我々にできることは殆どありませんが、いつかこのご恩は必ず……！」

「困った時はお互いさまですから。それにそろそろ姫様も起きると思います」

「「おお！」」

すると計ったかのようなタイミングで寝室の扉が開いて綺麗な緑色の長髪が見えると、美しい鬼人族の姫様が恐る恐るこちらを覗いた。

長い髪の隙間から見える可愛らしい瞳が、戸惑った様子でリビングを見渡している。

「姫様！」

「みんな⁉」

女性鬼人が姫様に駆け寄り、強く抱きしめた。

彼女の涙に状況を察したのか、姫様の頬にも大粒の涙が流れた。

しばらく抱き合っていた二人は、僕たちの前にやってきた。

女性鬼人が素早く姫様に事情を説明する。

姫様はとても聡明なようで、すぐに状況を理解してくれた。

「この度は見ず知らずの我々を助けてくださり、ありがとうございました」

深々と頭を下げるどころか、その場で土下座する姫様。

「姫様⁉　困った時はお互いさまですから、顔を上げてください」

「…………はいっ」

バタバタしていたけど最後はなんとか落ち着いて、みんなでソファーを囲むことができた。

「助けてくださったワタル様には真相をお話しします」

「姫様……」

女性鬼人が心配そうな顔をしている。

「いいのよ。それにこれから私たちが頼れるとしたら、ワタル様しかいないわ。今は………生きることだけを目指すべきよ」

きっと二人は仲がいいんだろうね。

姫という身分と世話する身分でも、長い時間一緒に過ごした絆を感じる。

「まず、私はジェシカ・グランフォートと申します。鬼人族の王であるベンジャミン・グランフォートの娘です」

姫様と呼ばれていたからそうだとは思っていたけど、改めて名乗ると王女様らしい風格がある。

「実は……鬼人族の王家には、代々王になる時に兄妹で競い合って、最後に生き残った者が王になるというしきたりがあるのです」

「えっ⁉　それって……競い合うって、命を奪い合うってことですか⁉」

「はい。驚かれるのも無理はありません。ですが掟《おきて》を大事とする我々鬼人族においては、王である父ですら掟は絶対に破れません」

掟………とても重い言葉だ。

長い歴史の中で種族を守るために作られた掟。

その掟のせいで彼女は命を脅《おびや》かされた。

前世でも法律があって、それによって守られた命もたくさんある。だから、掟やルール、法律が一概に悪いとは思わないし、全てなくなった方がいいとも思わないけど……。

「私には兄が二人いるのですが、既に跡取りの戦いが始まり、私は兄に殺されかけたのです」

「………」

「いえ、殺され……ましたね………実際私は生きていますが、兄はそのつもりだと思います」

「お兄さんは……それでよかったん……ですね………？」

「掟ですから。兄も最後まで涙を流しておりました。昔から私たち兄弟は仲がよかったのですから。ですが掟は守られてこそ掟。それが我々鬼人族を長年支えてきたものなのです」

仲のいい兄妹がお互いに殺し合う世界……いくら掟だとしても納得いかない。

「ですが、私はこうして生き残りました。もしこれを知ったら兄も悲しまずに済むかもしれません」

「ジェシカさん。そんな掟――壊してしまいましょう！」

「えっ!?」

「だって！　仲のいい兄妹が戦うなんて絶対おかしいです！　僕は納得いきません！」

「えっと………でも掟は大切で………」

「お兄さんは最後まで泣いていたんですよね？」

「はい。それは間違いありません。何度も……謝っておりました」

「それなら気持ちよく妹に祝福されて王になった方がいいと思います。なんだか話を聞いていたら僕がむかむかしてきました！」

「えっ⁉」

「仲のいい家族が戦いたくもないのに争うなんて絶対おかしいです！　僕がエヴァさんに相談してみます！」

エヴァさんという言葉に、ジェシカさんが目を大きく見開いた。

「ワタル様はエヴァ様の友人の証を持っているのですね」

「はい。この部屋を貸してくださった方も、この証を見て貸してくれたんです」

「うふふ。エヴァ様は全ての魔族の希望ですからね」

「エヴァさんと知り合いなんですか？」

「はい。以前里を訪れてくださった時、友達になってほしいと言われました」

エヴァさんが友達になってほしいと言う場面が容易に想像できる。

「エヴァさんはシェーン街にいますから、いつでも会えますよ！」

「ふふ。ぜひお会いしたいものです」

「すぐにでも会いに行きましょう！」

「一度死んだも同然の身ですが……生き残ったのには理由があるのでしょう。こうしてワタル様に会えたのも何かのご縁なのかもしれません…………ただ、一つだけ気になることがございまして……」

「気になることですか？」

少し困った表情を見せるジェシカさん。

「シェーン街に行くには鬼人族の森の横を通らないといけません。ですが、我々種族には同族の匂いを嗅《か》ぎ分ける力に長《た》けた者がいます。私があの道を通れば、必ずバレてしまうと思います」

「う～ん。分かりました。それならエヴァさんに来てもらいましょうか。せっかくだから同じ鬼人族のエルラウフさんにも相談してみましょう」

「エルラウフさん⁉」

「エヴァさんを守ってくれている鬼人族の方ですよ？」

ジェシカさんはまた大きく目を開き、何かを考え込んだ。

「分かりました。何から何までありがとうございます。いつかこのご恩は必ず！」

予定が決まったので宿屋の従業員さんにジェシカさんたちのことを明かし、このまま匿《かくま》ってほしいとお願いした。

従業員さんは喜んで承諾してくれたので、僕たちは一度シェーン街に帰還することにした。

○

―【拠点帰還】により出征地点を記録しました。―


早速シェーン街に【拠点帰還】してみたんだけど、不思議なアナウンスが聞こえた。

「出征地点」ってなんだろう？

「ワタルくん!?」

声がした方に視線を向けると、エヴァさんとステラさんが驚いた顔でこちらに走ってきていた。

「エヴァさん！　ステラさん！　丁度よかった！」

「「おかえりなさい」」

すっかり二人は仲良しになったみたいだ。

「エヴァさん。早速ですが、お願いがあって一度戻ってきたんです」

「お願い？　私に？　私にできることならなんでも言ってちょうだい！」

「えっと、ジェシカさんという方をご存じですか？」

するとエヴァさんの表情が曇った。

「ジェシカちゃんに何か問題が起きたの？」

「はい。とても大きな問題が……」

「っ！　それならエルも連れていきましょう。鬼人族の話ならエルの方が詳しいわ」

「それは僕もお願いしたかったです」

鬼人族のことは鬼人族に聞けってね。

僕たちはエルラウフさんを探し始めた。

シェーン街のあちらこちらでエルラウフさんを探すこと数分。

街の南側の白狐族が住んでいる地区で、エルラウフさんの大きな身体が見えた。

「エル」

「ん？　エヴァ様にワタルくんか。帰ってきてたのじゃな」

「ただいまです～、エルラウフさん。今日は、ある人のことで相談に来ました」

「相談か。少し待っていてくれ」

エルラウフさんは手に持った大きな丸い木材を置くと、次々と別の木材を運んできた。

運んできた木材は中が空洞になっていて、僕の身体だとそのまま中を通れそうだ。

「この木材はなんですか？」

「うむ。白狐族の子どもたちの遊び道具じゃ」

「遊び道具？」

「彼らは森の中で色んな道を走る訓練を受けるそうじゃが、ここら辺でそういう森はないからと、リアム殿に大きな木材を用意してほしいと頼まれたのじゃ」

リアムさんは、アルトくんとカミラさんのお父さんの白狐だ。

シェーン街の周辺は広い平原にぽつぽつと木が生えているばかりで、森はないもんね。

こんな大きな木材をどこから持ってきたのかは知らないけど、これなら上を跳んだり、中を走り抜けることもできそうだ。

そこへ丁度リアムさんがやってきた。

『おぉ、ワタルくんじゃないか』

「リアムさん、ただいまです〜」

『カミラたちも帰ってきたのか？』

「そうです。ただ、すぐに『ぽよんぽよんリラックス』に向かいました」

実はカミラさんもアルトくんも『ぽよんぽよんリラックス』を愛用している。

普段は旅に出ているから、帰ってくると『ぽよんぽよんリラックス』に行きたいと言っていた。

『挨拶より先に「ぽよんぽよんリラックス」か……はぁ…………まぁ仕方ないな。カミラたちは役に立っているかい？』

「ものすごく助けになってます！　今回、姫様を助けられたのもカミラさんたちの頑張りのおかげでもありますから」

『姫様？』

「姫様？」

一緒に聞いていたエルラウフさんも気になったようだ。

「そうなんです。実は相談したいのはその姫様のことなんです」

「その姫様というのは……まさか…………」

「鬼人族の姫様、ジェシカさんです」

それを聞いたエルラウフさんは困った表情を浮かべた。

少なくとも関係ないようには見えない。

「そうか……ジェシカが……助けられたってことは、王位継承戦の問題かのぉ？」

「そうなんです！　それも相談したかったんです」

大きな溜息を一つ吐《つ》いたエルラウフさんは「分かった」と言った。

そしてエルラウフさんとエヴァさん、ステラさんと共に、シェーン街のお城に向かった。

エヴァさんの執務室に着くと、メイドさんたちがすぐにお茶を淹れてくれた。

みんなでゆっくり椅子に腰を掛けてお茶を飲み、一息つく。

エヴァさんが口を開いた。

「エル？　王位継承戦というのはどういうモノかしら？」

「鬼人族の…………長年のしがらみですじゃ」

もう何度目かも分からない溜息を吐いたエルラウフさんは、エヴァさんに鬼人族の掟について語り始めた。

その内容は僕がジェシカさんから聞いた話と全く同じだった。

「そんな……酷すぎるわ！」

「エヴァ様の言いたいことは分かります。わしも同じ気持ちを持っています。だからあの森から抜け出したんですじゃ」

「エルはあの森には帰らないと言っていたわよね」

「ええ――弟を殺したくはなかったからですから」

「『弟？』」

エヴァさんと僕の声が被る。

「今の王、ベンジャミン・グランフォートは――わしの弟なんじゃよ」

「『えええええ!?』」

まさかエルラウフさんが王様の兄とは思いもよらず、驚いてしまった。

僕だけでなくエヴァさんも驚いているところを見ると、知らなかったみたいだ。

「エルがグランフォート王の一族だったなんて……知らなかった」

「ええ。誰にも話してませんでしたからのぉ。それに色々事情があって、わしの存在を知っている者は鬼人族の中でも少ないですから」

「それも掟のようね……」

「そうですじゃな。そこは語らないでおきましょう。それはそうと、ワタルくん。今度はワタルくんの話を聞きたいのじゃが」

「はい」

今度は僕がジェシカさんと出会った時のこと、出会ってからのことを全て隠さず話した。


「くっ……ベンジャミンめ……」

エルラウフさんは怒りで震えていた。握った拳《こぶし》からは、今すぐにでも姫様のもとに飛んでいきたそうな気配すら感じる。

「ジェシカちゃんがそんな目に遭っているなんて……私、何も助けられなかったわ」

エヴァさんも悔しそうに肩を落とした。

「エルラウフさん、エヴァさん」

そう呼びかけると二人が僕を見つめる。

「過去の悲しい出来事を振り返るのも大切です。でもこれからどうするか、が一番大切だと思います。鬼人族の掟によってジェシカさんは一度死にかけました。でもまだ生きています。これからジェシカさんや鬼人族の掟をどうするかが大事だと思います。僕は家族同士が戦う掟は変えるべきだと思ってます。だから力を貸してください」

僕の意見を聞いた二人は少し間が抜けた表情を見せた。

「くっくっ、くーはははっ！　こりゃ、ワタルくんにはいつも驚かされてしまうな。さすがは英雄じゃ！」

「そうね。いつまでも落ち込んでいても現状は何も変わらない。私が魔王として鬼人族と対話を続けなかったのは、自分の選択だわ。でもそれがいけなかったのよね。人族にばかり気を取られていたけど…………魔族同士の話し合いも大切よね。ありがとう、ワタルくん」

二人とも顔が明るくなったのを見ると、色々吹っ切れたようでよかった。

「それじゃ準備が整い次第、向こうに行きますよ！」

その時――

「話は聞かせてもらいました！」

開いた扉から予想外の人が中に入ってくる。

さらに僕の従魔の水色のまん丸いスライムたちも一緒に入ってきた。

「セレナさん？」

「おかえりなさい、オーナー」

「セレナちゃんがうちに来るなんて珍しいわね」

スライムたちが一斉になだれ込んできて、僕を見つけると跳びついてきた。

「あはは～。みんなただいま～。先に挨拶に行くべきだったね、ごめんごめん」

『スライムたちがワタルくんに会いたいと聞かなくてね』

後ろから苦笑いを浮かべたカミラさんが現れた。

僕はスライム一匹一匹を撫でてあげる。

「セレナちゃん、ところで、その話は聞かせてもらったってどういうこと？」

エヴァさんが尋ねる。

「要は鬼人族を平和にしたいんでしょう？」

「そ、そうね」

「それなら――私たちの出番です！」

「えっ……？」

セレナさんの合図で、スライムたちがセレナさんの周りに集まった。

「『ぽよんぽよんリラックス』はただの娯楽施設じゃないわ。これから真の力を見せてあげるわよ」

何を企んでいるのかは分からないけれど、真剣なセレナさんに笑みがこぼれた。

「オーナーはこれからパス街に向かって鬼人族の里に行くのですよね？」

「そうです」

「かしこまりました。ではスライムたちを連れて、私たちもパス街に向かいましょう」

「わ、分かりました」

セレナさんの気迫に押されて返事してしまったけど、大丈夫だろうか？

そして彼女はスライムたちを連れて部屋を後にした。

なんだか嵐のようだったな……。

「では、僕たちも向かいますか？」

「そうね」

「そういえば、新しいスキルを覚えたのでそれを試してみてもいいですか？　まだどうなるかは分かりませんけど」

シェーン街に戻ってきた時、出征地点が記録されたという声が聞こえた。

もしかすると、シェーン街に戻ってくる前の場所に行けるのかもしれないから、これからそれを試そうと思う。

僕以外だと【拠点帰還】は五人で飛べるから、エヴァさん、エルラウフさん、アルトくん、カミラさん、フウちゃんの五人だ。残されたステラさんは寂しそうにしていた。

コテツは向こうに着いたら【ペット召喚】で呼べるからね。

ワクワクしながらみんなを連れて出征地点を発動させてみた。

景色が一気に変わり、シェーン街の街並みから、パス街の街並みに変わる。

ー　記録された出征地点が削除されました。　ー

なるほど。ということは【拠点帰還】で帰っても、もとの場所には一回だけ戻ることができるんだね。

「一瞬でパス街に…………ワタルくんって本当にすごいわね」

どこか呆れたような表情で苦笑いを浮かべたエヴァさんがつぶやいた。

「シェーン街に【拠点帰還】で戻っても、もといた場所に一度だけ飛べるようになったみたいです。これなら今まで以上に戻れそうです」

「それはとても嬉しいわ。私が分かるくらいスライムたちも寂しがっていたからね」

「はい。スライムたちのためにもなるべく戻るようにします～。では、ジェシカさんのところに案内しますね」

エヴァさんとエルラウフさんを連れて宿屋に向かった。

「あら、英雄様。おかえりな――――ええええ～！　エヴァ様!?」

「お久しぶり～」

「エヴァ様あああ!!」

宿屋に入るや否や、従業員さんはエヴァさんに抱きついた。

それくらいエヴァさんはみんなに寄り添った魔王様なのがよく分かる。

「勇者と戦ったと噂を聞いていましたから……心配しました……」

「それならもう大丈夫よ。ここにいるワタルくんのおかげでね！」

「やっぱり英雄様の噂は本当だったんですね」

「もちろんよ。私が保証するわ！」

え、英雄……僕はそう呼ばれる立場ではないと思うんだけどな……。

噂の内容は気になるけど、聞くと色々大変なことになりそうなので質問はしないでおこう。

「ジェシカちゃんに会いにいらしたんですよね？」

「そうよ」

「ではご案内します！」

この短期間でジェシカさんと従業員さんは仲良くなったみたいだ。

彼女に案内されてみんなで最上階に向かう。

スイートルームの扉をノックすると、ジェシカさんと馬車に乗っていた女性鬼人のメイドさんが扉を開けてくれた。

「あ、貴方様は⁉」

「ジェシカちゃんに会いに来たわよ～」

「か、かしこまりました～！　ジェシカ様ぁあああ～！」

慌てて大声を上げながら中に戻っていくメイドさん。

すぐに奥の部屋から現れたジェシカさんは、まっすぐエヴァさんに抱きついた。

身体を寄せられるってことは信頼しているからだと思う。

「ジェシカちゃん……一番大変な時に、隣にいてあげられなくてごめんね」

「いいえ、エヴァ様とこうしてまた会えただけでも十分嬉しいです」

「これも全部ワタルくんのおかげね」

「はい。ワタル様は命の恩人ですし、救世主様です……」

「事情はワタルくんから聞いているわ。悲しいことがあったかもしれないけど、過去を悔やんでいても前には進まない。これからのことを考えましょう？」

「そうですね。私も、これからの鬼人族がよりよい未来に向かえるように頑張ります」

みんな思うことは同じだね。いつかみんなで平和に生きられる世界が訪れたらいいな。

二人を見守っていたエルラウフさんが優しい声を後ろからかけた。

「ジェシカ、久しぶりじゃのぉ」

「っ⁉　伯父様⁉」

「昔は泣き虫だったのが、随分と大きくなったのぉ」

「伯父様と最後に会ったのもそれほど昔でしたね…………ワタル様からお名前を聞いた時は、もしやと思いましたが……こうして会えて本当に嬉しいです。今は魔族軍にいらっしゃるのですか？」

「ああ。エヴァ様の護衛を引き受けているのじゃ」

「そうでしたか。エヴァ様を伯父様が守ってくれていたなんて……こんなに嬉しいことはありません」

ジェシカさんの頬に一筋の涙が流れた。

「わしも鬼人族の掟をどうにかしたいと思っていたが、なかなかその一歩が踏み出せずにいた。だが、ワタルくんのおかげでわしの覚悟も決まった。しっかり鬼人族に向き合おうじゃないか」

「はいっ……！　私もせっかく生かされたこの命、鬼人族を変えるために使いましょう」

「ジェシカちゃん？　違うわ。新たに鬼人族を導くのよ」

「………はいっ！　エヴァ様！　伯父様！」

再会が落ち着いたので、これからどうするか、作戦の話し合いを始めたいと思っていた。

ただ、まだセレナさんが着いていないので、こちらだけで話し合うのはよくないと判断し、その到着を待つことにした。


それまでの間、何もしないで待つのも暇だと思い、エヴァさんとパス街を散策することに。

街を歩いていると、行くところ行くところですれ違う住民から「魔王様！」と声をかけられ、エヴァさんは手を振って応えた。

ゆっくりと歩いて最後に着いたのは、街の奥にある一番大きな建物だ。

入口には燕尾《えんび》服を着た黒い羽のある魔族が一人立っていた。

「エヴァ様、お待ちしておりました」

「久しぶりね。元気そうでよかった」

彼はエヴァさんの言葉に嬉しそうに笑みを浮かべた。

「紹介するね。彼はこの街の領主をしてくれているの。魔族の中でも珍しい種族のバフォメット族なのよ?」

確かにシェーン街の土地を広げた時以外、ベン街でもバフォメット族は見たことがない。

「初めまして! ワタルといいます」

「ワタル様、ご活躍はかねがね聞いております。お会いできて大変光栄でございます」

ものすごく丁寧な挨拶をしてくれた。

案内されて中に入ると少し古風な造りになっていて、どこか心が安らぐ匂いがする気がした。

貴賓室《きひん》に案内されると、バフォメット族のメイドさんが紅茶を運んできた。

少し談笑しながら「どうしてバフォメット族は珍しいんですか?」と僕が領主とメイドさんに質問すると、彼らは苦笑いを浮かべたが親切に答えてくれた。

「我々バフォメット族は魔族の中でも希少な種族でして、エヴァ様に保護されるまでは大変な目に遭っておりました」

「そうなんですか!?」

「保護できたのはたまたまだったんだけどね。魔族の中でも昔から差別はあったのよ。皮肉にも……人族のおかげで魔族が一致団結するようになったのは事実だわ」

人族だって誰かを差別するのだから、魔族がそうだったとしても不思議ではない。

「強い存在が増えれば増えるほど、一番になれなかった者たちははぐれてしまう。それが多くなればなるほど差別が増えるのは、魔族も人族も一緒ね」

「悲しいですけど……そうかもしれませんね……」

「そういう意味ではエルフ族が一番いい方法を取っているわね。掟という名の下でね」

「掟………」

「鬼人族と似た掟があるのよ」

するとと領主が言った。

「鬼人族は今でも森の奥で生活をしているんでしたね……土地を重んじるあまり、周りと断絶して、必要以上の掟で民が苦労しているのが見えます」

「そう……かもしれないわね。鬼人族には鬼人族のやり方があるから尊重しようと思っていたけど、こうなったらなんとしても鬼人族を説得するわ」

「鬼人族のところに向かうのですね？」

エヴァさんは力強く頷いた。

「もし我々の力が必要ならいつでも仰ってください。バフォメット族やパス街の民は、エヴァ様の力になりましょう」

「ありがとう。その時は頼りにさせてもらうわ」

彼らと握手を交わし、エヴァさんと共に宿屋に戻った。

○

パス街に来て一日が経過した。

僕の【レーダー】に大量の青い点が見えたので、街の入口に向かう。

少し待っていると、地平線に何やら大勢の人影が見え始めた。

「な、何か来るぞ!?」

門番さんたちが慌て始める。

「僕の仲間です！　急いで来てもらったので、誤解させてしまってすみません！」

「そ、そうでしたか……まさかあんなに来られるとは………」

「あはは……」

門番さんに謝りつつ、セレナさんを出迎えた。

「セレナさん～、お疲れさまでした」

「オーナー、お待たせしました。それにしても白狐族はとても足が速いのですね。パス街まであっという間でした」

スライムたちをどうやって連れてくるのかと思ったら、馬車じゃなくて白狐族が総出で乗せてくれたようだ。

「グレースさん、ありがとうございます！」

『アルトたちの様子も気になっていたし、話を聞けば鬼人族の里に向かうようだからね。私たちもお供するわよ！』

グレースさんは、アルトくんたちのお母さんだ。

白狐たちが一緒に来てくれたら百人力だね！

街の中にはゆっくりできるスペースがないので、街に入らず、隣にある広いスペースでくつろいでもらう。

シェーン街には白狐たちの巣があるけど、パス街にはそれに代わるものがないからね。

白狐たちとスライムたちが群れているからか、街から様子を窺《うかが》いに来る住民も多かった。

早速セレナさんと白狐族代表のグレースさんと一緒に宿屋に向かい、会議を開くことにした。


「お待たせしました。エヴァ様」

「いらっしゃい、セレナちゃん。思っていたより早かったわね」

「グレース様たちが頑張ってくださいました」

「白狐族には本当に感謝だわ」

『ワタルくんの役に立てるなら協力するわよ』

僕の役に……!?

グレースさんが急に僕の名前を出すもんだから、驚いてしまった。

「セレナさん、これからどうするんですか？」

「はい。とても単純な話です。鬼人族を制圧して――――『ぽよんぽよんリラックス』を鬼人族の皆さまに経験してもらいます！」

「えええええ!?　どうしてそこで『ぽよんぽよんリラックス』が!?」

「ふっふっふっ。オーナーはまだ『ぽよんぽよんリラックス』の破壊力を甘く見ていますね。あれは全世界全種族に通用する破壊力なんです！」

「は、破壊力………」

「それはとてもいいわね！　となると、白狐族にはまだ手伝ってもらいたいけど、大丈夫？」

『もちろんよ。任せなさい』

会議はスムーズに進み、ジェシカさんが僕たちの前で深く頭を下げた。

「皆さま……ありがとうございます」

「まだ王位継承戦は終わってないんでしょう？　そちらも止めないと犠牲が増えるわ」

「はい………お兄様たちもお互いに戦いたくはないはずです」

「それじゃ、すぐに鬼人族の森に向かおう～！」

僕たちはジェシカさんと共に鬼人族の森に向かうことにした。

第5話

アルトくんの背中に乗り込み、街道を走っていく。

大勢の白狐が街道を走る様は白い川にすら見えるかもしれない。

大橋を渡っていく際、ジェシカさんが川に落ちた馬車の方向をチラッと見ていた。

「鬼人族の森に入るわよ。みんな気をつけてね！　招待されていないと攻撃されるから」

「「了解！」」

そして、一気に森を抜けて鬼人族が住まう——里を目指した。


鬼人族の森は葉っぱもなく、枯れた木しかない灰色の世界が広がっていた。

街道沿いはまだ緑色の木々が鮮やかだったのに、奥地に入れば入るほど枯れ木になっていく。

どこか寂れた雰囲気のまま、【レーダー】に赤い点がたくさん集まっている場所があった。

「そろそろ敵地に入ります！」

向こうはまだこちらの存在に気づいていないのか、慌ただしい感じはない。

どんどん近づいていくと、視界の向こうに大きな城が見え始めた。

その時、赤い煙幕《えんまく》が空高く昇るのが見えた。【レーダー】でも赤い点が慌ただしい動きを見せる。

城は広大な里の奥に鎮座しており、近づいたら見た目以上に大きそうだった。

里の正面の門の近くに着いた頃、無数の矢が飛んできた。

僕たちを捕捉してからあまり時間は経っていないはずだから、鬼人族の統率力の高さが窺える。

アルトくんが雷を放った。

意外にも、アルトくんが放っている雷って触れても痛くないし感電もしない。味方判定とかあるのかもしれないね。

雷によって飛んできた矢が全て撃ち落とされる。

白狐たちは落ちた矢を踏むことなく器用に避けながら、鬼人族の里の中にたどり着いた。

壁の上では物々しい威圧感を放っている鬼人たちが、大きな斧を持ってこちらを睨んでいる。

「ここはわしに任せてくれ！」

『一気に跳ぼう！』

背中にエルラウフさんを乗せたリアムさんが、空高く跳び上がった。

「頼んだぞ！　リアム殿！」

『任された！』

白狐って跳躍力がすごいというか、あんなに高く跳べるのは何度見てもすごいと思う。

空高く跳び上がったリアムさんの背中から、エルラウフさんが敵陣の中に跳び込んだ。

着地と共に大きな爆風で周囲の鬼人たちを吹き飛ばす。

屈強な鬼人たちでさえも、エルラウフさんが起こした圧倒的な風圧になす術《すべ》もなく吹き飛んだ。

僕たちを乗せた白狐たちも跳び上がり、城壁の上に降り立った。

その時――

遠く離れた城の方から、圧倒的な威圧感がこちらに向かって放たれた。

その圧倒的な強者の威圧は、目視できそうなほど空気をも激しく揺らす。

すると、エルラウフさんに吹き飛ばされた鬼人たちは起き上がり、僕たちを襲うことも睨むこともなく、道を開けた。

エルラウフさんを先頭に、僕たちはまっすぐ城に向かう。

「ジェシカ様がいるぞ！」

一人の鬼人がそう叫ぶと、周りから悲鳴にも似た声が上がった。

王位継承戦での出来事を知っているからこそ、ジェシカさんが生きてることに驚いたんだと思う。

道を進むジェシカさんを見て涙を流す鬼人も多かった。

きっと鬼人たちにとっても王位継承戦は悲しい掟であり、ジェシカさんもまた鬼人族の中で大きな存在だったんだ。

僕たちは一歩ずつしっかり歩き、やがて王城の前にたどり着いた。

「ジェシカ!?」

城門の前に立っていた鬼人が驚く。

「お兄様」

「ど、どうして…………」

「…………鬼人族を変えるため、生き返って参りました」

「そう……か。彼らは仲間か？」

「はい」

「…………いい仲間を持ったな」

「はい。素晴らしい仲間です」

ジェシカさんのお兄さんと思われる鬼人さんが諦めたように溜息を吐いた。

「俺の負けだ。首をはねるといい」

ジェシカさんがお兄さんの前に立った。

「ジェシカさん！」

思わずジェシカさんの名前を叫んだけど、ジェシカさんは笑顔で応える。

彼女は目の前に差し出されたお兄さんの頭を――抱きしめた。

「っ!?」

「お兄様、これから鬼人族は変わっていきます。私に力を貸してくださったワタル様やエヴァ様のおかげで鬼人族の未来は大きく変わります。お兄様も見守ってください。王族の一人として、王位継承戦を勝ち抜いた兄として」

「………………あぁ。分かった」


ジェシカさんはお兄さんを残し、城の中に入っていった。

城の中を進むと大きな扉があり、その奥の高い位置にそびえ立つ大きな玉座には、一人の鬼人さんが鋭い目でこちらを見下ろして座っていた。

玉座に座っている鬼人さんの視線が真っ先にエルラウフさんに向く。

「まさか…………お前が来るとはな。エルラウフ」

「久しいな。弟よ」

今の王様――――弟を殺したくなかったエルラウフさんは、自らこの里の外に出たと言っていた。

「なぜ帰ってきた？」

「そろそろ鬼人族を変える時が来たと思ってな」

「……今さら変えるというのか？」

「そうじゃ。わし一人ではできなかったが――――小さき英雄に背中を押されてな」

「小さき英雄？」

王様の視線が僕に向く。

「小さい身体で魔族を救ってくれた英雄じゃ。勇気をもらった者も多くおる。わしもその中の一人じゃから、ここに立っている」

「噂に聞く魔族救いの英雄か」

「初めまして。ワタルといいます」

「それで、その小さき英雄がどうしてここに？」

「はい。旅路でジェシカさんと出会って鬼人族の掟のことを聞きました。僕は、大好きな家族同士が殺し合うような掟はいらないと思います！　それを変えに来ました！」

「くっくっ……くーははは！　人族でありながら鬼人族の掟に口を出すのか！　人族如《ごと》きが出る幕ではないわ！」

すさまじい怒りが込められた殺気。でもどこか悲しんでいる気持ちが伝わってくる。

「種族は関係ありません！　ジェシカさんは僕の友人です！　その友人が泣いているのなら、僕は全力で助けます！　だからここで王様も説得します！」

「がーははは！　子どもが我を説得するだと！　それがやりたいなら――――力を示せ！」

玉座に座っていた王様は、禍々《まがまが》しい大斧を持ち上げて僕に飛びかかってきた。

王様を説得するのに、みんなの力を借りたのでは不公平になってしまう……それでは鬼人族の未来も切り開けないと思う。魔王であるエヴァさんが見ている前で、僕一人の力で彼を止めるんだ……！　そして、ジェシカさんともたくさん話してもらうんだ!!

「皆さんは下がっていてください！　叢雲！」

向かってきた王様を迎え撃つ。

叢雲と王様の禍々しい大斧がぶつかりあった。

金属同士がぶつかる甲高い音と共に、周囲に爆風が吹き荒れる。

部屋の置物が全て爆風によって飛んでいき、割れる音が鳴り響く。

「ほぉ……口だけの英雄ではないということか」

手に伝わる感覚から、全快した時のエルラウフさん並みの強さを感じる。

さらに、斧からもすごい力が伝わってくる。

「叢雲……！　力を貸して！」

僕の声に応えるように、叢雲から出た優しい青い光が僕を包み込んだ。

王様を説得するためにも、負ける訳にはいかない。

全力で跳び込み、叢雲を振るう。

連続で斬撃を繰り出して王様に攻撃を続けるも、自由自在に操作される大斧で全て防がれた。

「ふん！　英雄とやらの力を見せてみろ！」

大振りの攻撃が繰り出され、真っ黒い波動が放たれる。

これはまともに受けられないと感じて、急いで横に跳び込んだ。

轟音《ごうおん》が耳をこするように通り抜けていく。

何度か攻撃を繰り返すも、王様には全く効かず、相手からは一撃すら受けると危うい攻撃が続いた。

当たることはないと思うけど、一瞬の油断もできない。

それよりもどうにかして一撃を与える手立てを考えなくちゃ…………！

王様の大振りな攻撃を避けながら悩むけど、全く隙がない。あんなに大きい武器を振り回しているのに、つけ入る隙がないのが彼の強さを証明しているようだ。

ここまで力の差を感じるのは久しぶりかも。いや、初めてかもしれない。だって、今まではコテツがいて、必ずコテツと二人三脚でやってきた。

味方やコテツがいなくなった途端、僕一人では何もできなくなる。

たくさんレベルが上がって強くなったと思ったし、みんなも随分と強くなったと褒めてくれるけど、僕なんて誰かを守るにはまだまだだったね…………。

これだけの力を持った彼が羨ましいと思った。どうしてこの力を誰かを守るために使わなかったのだろう。自然と叢雲を持つ手に余計な力が入り、僕自身の動きも雑になっていく。

僕の大振りな攻撃を弾き返した王様は、僕の着地に合わせて横なぎで攻撃を叩き込んできた。

空中で避けることができず、なんとか叢雲で防ぐも、僕の身体は大きな衝撃を受けて壁に直撃した。あまりの威力に、僕の身体は城の壁を破って外に吹き飛ばされた。

「どうした！　英雄の力とはそんなものか！」

「……僕は英雄ではありません。コテツや仲間がいなければ何もできないただの人間です」

「ふん。子どもは家に帰って親の言うことを聞いていればよい」

「……そうやってジェシカさんも掟に従わせたんですか！」

「何……？」

「ジェシカさんとお兄さんたちはみんな仲がよかった。なのに、親である貴方は彼らを戦うように仕向けた。それが――それが親のやることなんですか！」

「ふん。我らは王族。誰よりも掟を重んじる責務がある。掟が鬼人族を古くから守ってきたのだ」

「違います！　人族が攻めてきた時、貴方たちは何もしていません！　エヴァさんが全ての魔族の命を背負って戦いました！　勇者にボロボロにされながら、あと一歩で死んでしまう大怪我まで負って……魔族を守れなかったと涙を流していたのに………貴方はそこまで大きな力を持っているのに何もしていません！　掟と言いながら貴方は誰とも戦っていません！　守れていません！　鬼人族も――家族でさえも守れていないじゃないですか!!」

「貴様に何が分かる!!」

「分かりません！　分かりたくもありません！　ジェシカさんが泣いているんです！　それが見えない人の話なんて聞きたくもありません！」

王様の怒りが込められた大斧が振り下ろされる。

それをギリギリで避けながら、僕も叢雲で攻撃を続け、お互いに一進一退を繰り返す。

「貴様に……貴様に何が分かる！　王としての責務を！　掟を守るという責務を！」

「分かりません！　掟のせいで娘さんが泣いているんです！　自分の子どもでしょう!!」

「王とは民の模範となるべき存在だ！」

「だったら……だったらなおさら自分の家族を守って、鬼人族のためにならないといけないでしょう！　そんな……そんなくだらない掟なんて捨ててしまえばいいんだ!!」

「掟は我々を守るものだ!!」

「この……分からず屋!!」

超高速で武器がぶつかり合う。

やがて僕と王様は武器を持つ力もなくなってしまった。

「この石頭!!」

「小僧の分際で!!」

二人同時に武器が弾かれ、後方に飛んでいく。もう握力すら残っていない。

それならと、蹴り飛ばし、頭突きをして殴り合う。

何度も何度も殴り合う。

そして、気がついたらいつの間にか――――気を失っていた。

○

なんだか暑苦しい…………？

「ん…………コテツ？」

このぬくもりは間違いなくコテツだ。

足元のぷにぷにした感触はフウちゃんかな？

「おはようございます。ワタル様」

「あ……れ？　ジェシカさん？」

目を開けると上にジェシカさんの顔が見えた。

「ふふっ。はい。ジェシカです」

「あ……れ？」

「ここは鬼人族のお城ですよ～。ワタル様はお父様との激戦の末に倒れたんです」

「あ…………僕……負けちゃったんですね」

「ふふっ。いえ、ワタル様。あの戦いに勝ち負けはありません。どちらかと言えば――――」

ジェシカさんは僕を見下ろしたまま、笑顔で深く頭を下げた。

「私たち鬼人族を救ってくださってありがとうございます！」

「えっ？」

「あの戦いで、お父様は――――王の座を降りることになりました。掟を壊すことで」

「掟を壊すことで…………」

「はい。お父様なりのケジメだと思います。ワタル様が眠っている間に、王の座はお兄様が継ぐことになりました。今まで誰かを悲しませていた掟は全て変えようということになり、これから里を開いて外と交流をすることになりました。さらに王位継承戦は、殺し合いではなく闘技場で競い合うことになりそうです。これも全てワタル様のおかげです」

「いいえ。僕はきっかけを作っただけです。エヴァさんが魔族を取りまとめて、ジェシカさんが思いを繋いでくれたからなんです。これからみんなでいい未来に向かって頑張りましょう！」

ジェシカさんと話していると扉が開き、慣れ親しんだ人たちが入ってきた。

「ようやく起きたんだね～、ワタルくん！」

「エヴァさん。ご心配をおかけしました」

「本当いつも大人びた言い方ね。そりゃ心配してたけど、ワタルくんなら大丈夫だと信じていたわ」

エヴァさんはベッドに近づいて、僕の頭を優しく撫でた。

「魔族の代表として、ジェシカちゃんの友人として、本当にありがとうね。ワタルくん」

「僕は皆さんの背中を押しただけですから」

ふふっと笑ったエヴァさんは、僕の顔を指でツンツンしながらいたずらっぽく笑った。

隣のジェシカさんも、コテツもフウちゃんも、みんな晴れ晴れした表情をしていた。

○

次の日。

すっかり身体も回復したので部屋から外に出ると、鬼人族が住んでいる里が一望できた。

猫耳族が住んでいたジエロ町は周りが自然いっぱいで、豊富な野菜があり、魔物を狩って肉を摂取するのも容易だった。

今住んでいるシェーン街も、道中で通ったベン街やパス街も、周りは自然が豊かでとても住みやすい場所だ。

しかし、目の前に広がっている鬼人族の住処は驚くくらい自然がない。

ここに来る間にも気になったけれど、里の外に見えるのは全て枯れ木で、水源となる川は流れているが、色が濁っている泥の川だ。

こうして城の高いところからだと全体が眺められて、絶景ではあるんだけどね。枯れ木ばかりなのが少し残念に思う。

ふと、城から離れた里の入口付近にいる鬼人さんが視界に入った。

僕は全速力で彼に向かって走り出し、一気に屋根を伝ってその人のもとまで行った。

「お、王様！」

「ん？　君は………すまないが、俺はもう王ではない。王位は息子に譲ってな」

「そういえばジェシカさんがそう話してましたね」

「傷はもう大丈夫なのか？」

「はい！　回復だけは速いんです！」

「そうか………」

王様はどこか寂しそうに里を眺めた。

「俺は生まれてから掟だけが全てだと教わった。俺と兄の王位継承戦も………兄が勝つモノだと信じていた」

「えっと、王様も――」

「ベンジャミンだ。好きに呼んでいいが、王様はやめてくれ」

「はいっ。ベンジャミンさんも――エルラウフさんが好きだったんですね」

「………ああ。子どもの頃は兄の後ろを歩くような弟だったな。だが掟により王位継承戦で……愚かにも兄に命を差し出そうとしたんだ」

「でも……その前にエルラウフさんの方が里を出てしまったんですね？」

「そうだ。最初は兄を恨んだ。俺なんかが王になってどうするのかと………自分に子が生まれ、子どもたちが王位継承戦で殺し合うのを見ても、俺は掟を壊すことができなかった」

「でも、今はちゃんと壊しましたよ」

「それは全て君のおかげだ――ありがとう。君のおかげで鬼人族は一歩前に進めたんだ」

どこか清々《すがすが》しい表情をしているベンジャミンさんに、僕もどこか嬉しくなる。

「ベンジャミンさんはこれからどうするんですか？」

「俺は掟を変えた罪として、里から追放されることになった」

「そんな⁉」

「いや、こればかりは自分の王としての最後のケジメだ。それに――――」

ベンジャミンさんは懐かしむような目で城を見つめる。

「新しい王はこの地をよりよくするはずだ。俺がこの地に残っていては気にするだろうからな」

「それは………」

「建前はそうだが、実はもう一つ理由がある」

「もう一つですか？」

「ああ。俺は生まれてからずっとこの地を出たことがない。娘から里を出た後の話を聞かせてもらった。俺は……外の世界をこの目で見たいと思ってしまったんだ」

空を見上げるベンジャミンさんは、空高く羽ばたいている鳥に視線を移す。

「心残りがあるとすれば、この地に残る呪いをなんとかしたかった。だが諦めるつもりはない。今度は外でそれを見つけてやるさ」

「呪いですか？」

「ああ。この土地を見れば分かると思うが、川は汚れ、自然が失われてしまった。枯れ木ばかりが残り、食料事情も厳しいのが現状だ」

僕がここに訪れてからずっと抱いていた違和感。この土地に自然が全くないことを不思議に思っていた。

「この地は、大地の女神ガイア様から見放された土地なのだ」

「そんな!? ガイア様がそんなことをするはずはありません!」

「……いや、これは大昔、鬼人族がガイア様に反逆した罪でもあるのだ」

「反逆……。罪……」

「鬼人族は大昔、全ての種族を滅亡させようとしていたそうだ。人族の勇者に負けてこの地に追いやられ、自分たちの過ちを反省すべく、この里に閉じ込められてこの有り様になったという」

「ガイア様が……」

どれくらい昔かは分からないけれど、今の鬼人族がそんなことを考えているとは思えない。みんな生きるために必死になっているだけだ。

ここから見える里の風景には元気に遊んでいる子どもがたくさんいて、泥の川や枯れ木が広がる森から魔物を狩ってきたらしい鬼人族の姿も見える。

「だが、その呪いも終わりかもしれない。掟は既に変わり始めている。新しい王は外と共存していく道を選んでくれるだろう。そうなれば、多くの民が助かるはずだ」

もしかしたら……ベンジャミンさんは自分の手でそうしたかったのかもしれない。掟という古くからの縛りさえなければ、きっと……。

「ベンジャミンさん、鬼人族の新しい未来はまだ始まったばかりです。それに、ベンジャミンさんにもまだ担うべき役目があると思います」

「担うべき役目？」

「はい。鬼人族は、エルラウフさんがエヴァさんの隣にいることで他の魔族との交流が少しずつ増えています。でもエルラウフさん一人では限界があります。そこにベンジャミンさんがいれば、もっともっといい方向に進むと思います」

「だが……俺はケジメをつけるためにこの里を出るのだ。もう俺が鬼人族に関わることは……」

「ベンジャミンさんがもう関わりたくないならそれでもいいと思います。ですけど、まだやり遂げたいことがあるんじゃないですか？　それにみんな、ベンジャミンさんの力になってくれると思います！」

そして僕はベンジャミンさんにある提案をした。

それを聞いた彼は思いがけないことに大きな声で笑い始め、今までの自分の苦悩を吹き飛ばすかのように笑い続けた。

そして豪快に笑っていた彼は、最後には僕の提案を承諾してくれた。

城に戻り、エヴァさんたちと玉座の間に入ると、新しい王様であるジェシカさんのお兄さんが座っていた。まだ慣れない様子で落ち着かない表情だったけど、もう一人の兄弟である弟さんも近くに立ち、家族の仲睦まじい姿を見せてくれた。

「新しい鬼人族の王、バベル・グランフォートと申す」

バベルさんの挨拶に、エヴァさんが応える。

「初めまして。魔族の王、エヴァ・エラシアです。以後お見知りおきを」

「こちらこそ、これから長いつき合いになると思います。よろしくお願いします」

昔なら想像もできないような会話だ。しかも、玉座の間で鬼人王の方から挨拶をした。それがこれから対話していこうという意志の証明だった。

「今回の急な入国、大変失礼しました」

「いえ。我が国をよりよい道に導いてくれたこと、感謝します。それに……あの時の統治者はもういません。これから鬼人族は――色んな種族と交流を持ちたいと願っています」

玉座の間に集まっている鬼人族の方々も賛同しているようで、どこか嬉しそうな表情を見せていた。みんなも昔から他種族との交流を持ちたいと思っていたに違いないね。

「鬼人族の卓越した戦闘力は、エラシア国内でも大きな力となるでしょう。協力していただけるのなら、それに対して食料や資材を提供いたします」

「それはありがたい。同じ魔族としてこれからよろしく頼みます」

高い位置にある玉座をゆっくり降りたバベルさんは、エヴァさんと握手を交わした。

さらに事前に用意していた、互いに侵略行為をせず、協力し合う取り決めを交わす書面にサインをした。

これは特殊な書面で、個人ではなく女神様に対して行う証明となるため、王自らの意思でこれを破った際、女神様からその命を絶たれるという絶大な効果を持つらしい。

両方の王がそれにサインをしたことは、歴史に残る出来事として語られていくだろう。


無事取り決めも終わり、ジェシカさんが鬼人族の里を案内してくれるとのことで、せっかくの機会なのでお言葉に甘えることにした。

里内の建物は基本的に木材を積み上げて建てられていて、どれも平屋建てになっていた。

城は非常に大きいんだけど、それ以外に大きな建物は見当たらない。

住宅地を通り過ぎて広場に入ると、里内で一番賑わっているという市場が開いていた。意外と活気が溢れていて、物が足りていないようには見えない。

「実は最近、外からの輸入品が増えていたんです。お父様もそれをずっと黙認してくださっていたんです」

やはりベンジャミンさんも現状を変えたいと思っていたから、掟のグレーゾーンのようなところは見て見ぬふりをしていたんだね。

「それにしても色んな品が出てますね?」

「はい。里の周辺は自然が少ない代わりに、強力な魔物が多く出現するのです。その素材もありますし、高く買い取ってくださる方々のおかげで色んな品が出回るようになったんです」

「そうなんですね」

それならここで売っている品をシェーン街に持っていけば、みんなのためにもなるのかな？

「エヴァさん〜、素材ってシェーン街でも売れたりしますか？」

「そうね。鬼人族の里の周辺で採れる珍しい素材は、強力な装備になったり魔道具になったりもするから、ここにある物全てを今すぐ買い取りたいくらいよ」

「なるほど〜！　じゃあ、全部買っていきましょう！」

「あら、それは難しいわ。今の鬼人族の事情からすると、貨幣で購入するのは難しくて、物々交換になると思うから」

「そっか……………それならっ！　交渉しましょう！」

「「交渉!?」」

エヴァさんとジェシカさんが驚いた。

僕は遠慮なくアルトくんの背中の鞄からエリアナさんの特製干し肉を取り出した。

『あ〜！　エリアナさんの特製干し肉！　ま、まさか！　ワタルッ!?』

「え〜、いいでしょう？　これからシェーン街に戻るんだから、ここで必要な素材を先に交換しておこうよ。交換したい素材はエヴァさんが選んでくださいね！」

「えっ？　私？」

「はい。今回エヴァさんにはものすごく助けられましたから、ここで恩返しをしたいなと思いまして」

「お、恩返しなんて……むしろ私がワタルくんにしなくちゃいけないわよ⁉」

「あはは～。それはそれ、これはこれ、ということで。今回は僕からお願いしましたから。さあさあ、エヴァさん。どの素材が欲しいんですか？」

鞄から取り出した干し肉から、甘いタレの匂いが一気に広がる。

それぞれの店の店員さんたちが、涎《よだれ》を垂らしそうな勢いでこちらに注目している。

少し困ったような表情を浮かべたエヴァさんは、店員さんたちからの視線の圧力もあり、欲しい素材とどんどん交換していった。

アルトくんの鞄の中にある干し肉を全て交換して大量の高級素材を手に入れると、全てエヴァさんに押しつけた。

食料問題が一番深刻みたいで、レートから考えると食べ物の値段は高めのようだ。

鬼人族の里で一日を過ごし、夜はバベルさんから宴会に招待され、普段あまり口にできない珍しい食材を使った料理を堪能した。

野性味溢れる味が多く、中には持参したソースをかけないと、とてもじゃないけど臭みで食べられないものもあった。

持参したソースをかけていると多くの鬼人さんたちが興味を示したので、皆さんにも味見をしてもらうと、ぜひ買いたいのこと。おそらく交流が始まったら真っ先に売れるのはソースじゃないかと思えるくらいだった。その中でも意外なことに、ジェシカさんが一番興奮していた。

○

次の日、玉座の間。

「ジェシカ、行くのか？」

「はい。お兄様」

「………俺は君を一度殺した身だ。君を止める資格などない」

「いいえ、お兄様。あの日、お兄様は私が死なないように手加減して傷をつけ、里から逃がしてくださいましたね。全てはお父様の目を誤魔化すため………それに馬車の車輪に仕込んだ罠だって、私たちが次の街に着いた頃に外れるようにしていたんでしょう？」

「そ、それは………」

「色々なことがありましたが、私は一度死んだ身。これからは里の外から鬼人族を支えたいと思います。お兄様、鬼人族の未来をよろしくお願いします」

「ああ。ジェシカとお父様に誓って、必ずや鬼人族の未来をよりよい方向に導いてみせよう」

こうしてジェシカさんは鬼人族の里を出ることになった。

当面の予定としては、エヴァさんの近くで彼女と鬼人族の力になりたいとのこと。せっかくならエヴァさんの秘書をしてはどうかと提案すると、エヴァさんは快く受け入れてくれて、秘書になることが決まった。


城を出た僕たちは、とある家の前にやってきた。

すると、慌てた声が響き渡った。

「お、お待ちください！　セレナ様！」

「あら、どうしましたか？」

「お、お願いでございます！　もう少しだけ……『ぽよんぽよんリラックス』を………」

そう話すのは鬼人族のお爺ちゃんで、さらに後ろには里中の鬼人族と思われる人が集まって、みんなで正座をしてセレナさんに嘆願していた。

実は、僕の怪我が治るまでの間、セレナさんによる『ぽよんぽよんリラックス』を鬼人族のために全面的に開放した。

それによって、多くの鬼人族が『ぽよんぽよんリラックス』を体験し——気がついたらこういう状況となっている。

「ごめんなさい。うちのオーナーが戻ったのでシェーン街に戻らないといけませんわ。もし『ぽよんぽよんリラックス』を利用したいなら、いつでもシェーン街にいらしてください」

セレナさんの返事に、中には泣き出す鬼人族までいるほどだった。

……うん。よほどうちのスライムたちが気に入ったんだね。

でも、いつまでもここにいる訳にもいかないので、僕たちはシェーン街に帰還した。

○

シェーン街に帰って早々、エヴァさんは、エリアナさんとエレナちゃんから何があったのか一から説明を求められて、全てを説明する羽目になった。

僕はというと、シェーン街で頑張ってくれていたスライムたちと触れ合った。

その後、『ぽよんぽよんリラックス』の件で打ち合わせをしていると、ジェシカさんとセレナさんからとんでもない事実を告げられた。

「えええええ!?　僕が寝ていた間に、里を開放する手伝いをしていたんですか!?」

「そうなんです。鬼人族全員が里の開放を受け入れた訳ではないですし、中には新しい王を認めない人もいます。今まで掟を守ってきた鬼人族ですからね」

もちろんそれは、僕も一連の出来事を経て理解している。

「そんな鬼人族に外の素晴らしさを伝えるために、『ぽよんぽよんリラックス』を無料で体験してもらったんです。それによって、瞬く間に住民が一致団結して新しい王様を支持し、里の開放宣言をするに至った、という訳なんです」

まさか、僕が寝ている間にそんなことが起きていたとは………。

そういや、セレナさんは戦いの前に『ぽよんぽよんリラックス』を体験させれば万事解決、なんて言っていたよね……まさか、狙い通り……？

セレナさんは勝ち誇ったような笑みを浮かべていた。

うん。やっぱりセレナさんには敵わないというか、一番の策士なのかもしれないね。


それからシェーン街の自分の屋敷に戻ると、多くのスライムたちが出迎えてくれた。

「フウちゃん。また新しい子が増えたみたいだけど、みんながどうしたいか聞いてくれる？」

『はい！　ご主人様！』

スライムの大半は数日間鬼人族の里にいたはずだけど、残っていたスライムたちでまた数を増やしたみたいだ。一体どこまで増えるのか、心配と期待が複雑に入り混じる。

『ご主人様！　みんな！　大好き！』

元々フウちゃんも込みで四十七匹いたスライムは、あれから数を増やして七十五匹になったのに、今回の遠征の間でも随分と数を増やしたようだ。

増えた新しいスライムたちを【初級テイム】で次々とテイムしていく。

テイムできる数は、術者のステータスの知力と精神の数値が関わっていると聞いたけど、具体的な数値までは聞いてないから、検証もできていない。

今回大量に生まれたスライムたちをテイムできるか心配しながら進めると、無事全てテイムに成功した。七十五匹から数字を大きく伸ばして百二十八匹になった。

ここまで増えてしまっては、みんなに名前をつけるのも難しくなってしまう。一応四十七匹までは名前をつけていたんだけど、それからは名前をつけられず、今回もまたたくさん生まれたからとてもできそうにない。

『ご主人様！　みんな！　名前！　数字！　お願い！』

名前？　数字？

「えっと、数字を名前にしたいってこと？」

『うん！　みんな！　ご主人様！　大好き！　名前！　欲しい！　数字！　簡単！』

名前を持っていないスライムたちも持っているスライムたちも、すごく興奮している。

「分かった。ちゃんと名前をつけてあげられなくてごめんね。これから君はイチで、君はニで、君はサンで――」

従魔になった順番で名前をつけていく。公平性も考えて、今までに名前をつけていたスライムたちの名前もつけ直すことにした。もちろん、これもスライムたちの意見だ。

フウちゃんだけは他のスライムと違って代表のような存在なので、そのままにする。

百二十七匹のスライムたちの名づけが終わると、後ろから視線を感じたので振り向いた。

「あれ？　エリアナさん？　エレナちゃん？　そこで何をしているの？」

二人は屋敷の入口から顔だけ出して、こちらを見つめていた。親子なこともあって顔と表情が似てて、とても可愛らしい。

「えっと、入ってもいいよ？」

それを聞くと二人は一緒に入ってきた。

「ワタルって、スライムたちの顔、全部覚えてるの？」

「そうだね。従魔になっているからなのかな？　みんな分かるよ」

「この子は？」

「ハチゴ」

「この子は？」

「イチニイチ」

「すごい～！　私は全然分からないよ～」

みんな同じように見えて、微妙に違うというか……。それを口で説明するのも難しいけどね。

「それはそうと、エリアナさん、どうしたんですか？」

「あ～！　そうだったわ。ワタルくんがまた無茶をしたと聞いてね」

「うっ⁉」

「またボロボロになって三日も眠っていたってね？」

「あ、あれは仕方ないというか……」

ベンジャミンさんに頭突きしてから記憶がないんだけど、三日も眠っていたんだよね……。

エリアナさんだけでなく、腰に手を当てて頬っぺたを膨らませて怒るエレナちゃんが僕の前に仁王立ちになった。

「しばらく禁止！」

「えっ⁉　禁止⁉」

「うん！　しばらく、外に出るの禁止～！」

「えええええ～⁉」

その日から十日間、街の外に出る時は、エリアナさんの許可を取った上でエレナちゃんを連れていくことで合意した。

○

スライムたちの仕事は早い。

僕が朝起きると、それに合わせているかのように泉の中から百を超えるスライムたちが現れる。

僕とコテツの朝食を窓から眺め、僕との朝の挨拶を終えると、みんなで『ぽよんぽよんリラックス』に向かって屋敷を出る。

朝の静かな街中を、スライムたちがぽよんぽよんと音を立てて通っていくが、家の中にまで響くような大きな音ではないので怒ったりする魔族はいない。

音を聞きつけて、窓を開いてスライムたちに挨拶をしてくれる魔族もいる。

スライムたちは、魔族たちから手を振られると少し跳ねてそれに応える。

大通りを進んで目的地である店に着くと、同じく朝早くから準備してくれている穏やかな表情のセレナさんが迎え入れる。

店の入口でセレナさんがしゃがんで右手を前に出すと、スライム一匹一匹がセレナさんの右手に優しく体当たりをしながら中に入っていく。まるでハイタッチのようだけど、スライムは手がないから全身タッチだ。

スライムたちはそれぞれの部屋の中に分かれて入る。そこが彼らの今日の仕事場だ。

部屋はどんどん数が増え、いまや四十にもなっている。

各部屋に三匹のスライムが入り、残ったスライムたちは、セレナさんと店番をしながら案内役をしたり、施術するスライムたちと交代したりする。

「オーナー、本日もお任せください」

「よろしくお願いします」

「それと、例の件が間近ですので覚悟しておいてください。しばらく外出できないようですから、あの件を先に進めておいてくださいね？」

「も、もうですか⁉」

「はい。むしろ遅いくらいですよ？　オーナーが駄々をこねるからです」

「ううっ……だって………」

「オーナーは今や――――」

「わー！　エレナちゃんと約束していた時間が～！　セレナさん、もう行きますね！」

僕は逃げるように店から急ぎ足で外に出た。

「はぁ………そろそろ納得してくださらないと、もっと大変なことになるというのに………」

小さくセレナさんの声が聞こえたけど、全力で逃げ出した。


はぁ………でも、いつまでも知らんふりはいけないよな。

僕がオーナーをやっている『ぽよんぽよんリラックス』というお店。それは何も形式だけの「オーナー」ではない。この世界にある「女神法」によって、お店を持つと必ず「オーナー権利」というのを与えられることになる。

「オーナー権利」というのは、お店の全権利を持つ者を指し、『ぽよんぽよんリラックス』の場合は僕になる。

そして、これはつまり、お店が上げた収益全てを手に入れる権利とも言えた。

今のセレナさんは『ぽよんぽよんリラックス』の店長として僕が雇っている関係性となる。

ゲラルドさんやエリアナさん、エヴァさんにも聞いて、この世界で働く人の平均収入からお給料を決めたんだけど、セレナさんから額があまりにも多いから減らしてくれと頼まれた。でも、僕がいない時のセレナさんの仕事量を考えれば少ないくらいだと思うから、無理矢理押しつけた。

お店からの収益は全て貯金している。スライムたちにはお給料を払っていないので、正直全然減らない。スライムたちのご飯だって僕の魔力だし、家賃だって格安だし。

そんな中、大きな問題が起きた。

収益が貯金できる限度額を大きく超えてしまったのだ。

それがなぜ問題で限度額とはどういうことかというと、魔族たちの間には「魔族法」というものが存在している。一つの企業が市場を独占しないように、一定額の貯金を超えると高額の税金がかかる仕組みになっている。

僕は、あえてそこを狙って全ての収益を貯金してきた。

しかし……その額があまりにも大きくて、エヴァさんが出動する騒ぎにまで発展した。さらに貯金を一銭も使ってないことが発覚して、ものすごく怒られてしまった。

だって……使い道なんてないし、そのまま溢れた分を税金として納めたかったから。

国からすればそのまま税金とした方がいいのに、僕は英雄だからそれはやめてほしいとエヴァさんから直々に頼まれてしまった。

そんなことがあって、今日は国営の魔族国銀行にやってきた。

これ以上、エヴァさんを困らせてはいけないからね。

銀行に入ると、行員さんに慌ただしく連れられて調度品が並んだ部屋に案内された。

「は、初めまして！　ずっとお待ちしておりました！」

魔族国銀行シェーン街支部長と名乗った魔族さんは、簡潔に銀行について説明した後、特殊な方法で作った通帳を渡してくれた。

この通帳は僕の魔力に反応するので、紛失しても悪用される心配はないという。

持ったまま歩く訳にもいかないので、一旦フウちゃんの胃袋の中に保管することにした。

通帳には、三桁の数字が表記されていた。

「七二五……？　これが僕の貯金額ですか？」

「は、はい！　その通りです！」

七二五って……貨幣かな？　となると銀貨七百二十五枚とかかもしれないね。預金可能額の上限を超えてるって聞いたけど、思ってたより低かった。

「ありがとうございます。こういう数字になるんですね？　エヴァさんから額が大きすぎるって聞いていたもので」

「ひい!?　わ、我々の銀行では、絶対に預かったお金に手をつけるようなことはいたしません！

女神様に誓ってもいいです！」

支店長が身を乗り出して汗ばんだ表情で訴えてきた。

「えっ⁉　な、何か誤解があるようですが、収益全部を入れているから額が大きいってエヴァさんが言ってましたから。銀貨七百二十五枚ってやっぱり大きな金額なんですかね？」

以前、狩りで金貨を手に入れたから、銀貨七百二十五枚で限度額となるのは不思議だった。

「ぎ、銀貨でございますか？」

「はい」

「銀貨七百二十五枚なら、それほど大きな金額ではないと思いますが…………」

「ですよね…………エヴァさんがあまりに大袈裟に言うものですから」

「えっと、ワタル様？　何か誤解をなさっていたらすみませんが、魔族国銀行では――金貨でのみ取引させていただいておりますよ？」

支店長の言葉を理解した頃には、僕は声にならない声で叫んでいた。

第6話

銀行から帰ってきた僕を不思議そうに見つめるエレナちゃん。

「あれ？　ワタル～、どうしたの？」

「銀行に行ってきたら………お金がすごく貯まってて………」

「そうなの？　いいことじゃないの？」

「それはそうなんだけど、僕がこんな大金を持っていても仕方がないというか……」

「う〜ん。それなら美味しいモノをたくさん買ったらいいんじゃないかな？」

「僕一人じゃとても食べきれないよ〜」

「それもそうだね。ワタルって欲しいものとかないの？」

欲しいものか……あまり考えたことがなかった。

前世でもそれほど欲しいものはなかったし、異世界では十分に満たされている。

ここには魔道具があるみたいだからそれを買うのも一つの手だけど、家にずっといる訳でもないし、足りないと思えることもないからね。

「お母さんにも相談してみよう〜！」

「そうだね。エリアナさんにも聞いてみよう」


ということで、早速エレナちゃんの家にやってきた。

丁度、紅茶をゆっくり楽しんでいたエリアナさんに事情をひと通り説明した。

「そっか〜。私たちもシェーン街に来るまでは、お金のことは気にしてなかったのよね。今でも必要なモノは揃うし、それほどお金が欲しいかと言われると、そうでもないわね」

エリアナさんの言う通り、生活に困ることがないんだよね……ないならないで生きていけるし、大きな出費も全くない。

それくらい魔族国のサポートが厚いので、何も困っていないのが現状だ。

だからこそ、僕の貯金は税金として国に納めたかったんだけどな。

「ワタルくん、スライムがまた増えたと言ってなかった？」

「そうなんですよ。今朝も幼スライムがまたたくさん生まれたそうです」

「うふふ。ワタルくんの家の池はとても綺麗な水質なんだね」

「地下水に繋がっているかもしれないとのことです。飲み水も池から汲んでます」

「ワタルくんの家の飲み水ってすごく美味しいなと思ってたけど、池の水だったんだね～」

フウちゃんが美味しいと言うから飲んでみたら、ものすごく美味しくて、それからずっと愛飲している。

普通の飲み水よりもずっと美味しい。カミラさんたちも山水より美味しいって言っていた。

「これから増えるスライムたちも、『ぽよんぽよんリラックス』で働いてもらうのかしら？」

「う～ん。最近はフウちゃんが率先して説明してくれて、みんな好きでやってくれているんですが……実は、そろそろお店の部屋もこれ以上増やすのは厳しそうなんです。セレナさんが一人で店長を頑張ってくれていますけど、これ以上増やすと大変なことになっちゃいますから」

「そうね。『ぽよんぽよんリラックス』のオーナーはワタルくんだよね？」

「そうですね」

「それなら――ワタルくんの好きにしてもいいと思うの」

意外な返事に僕は首を傾げた。

「僕の好きに？」

人指差しを立てて、エリアナさんが「えっへん！」とドヤ顔をする。

「『ぽよんぽよんリラックス』で働いているセレナちゃんだけど、このまま一人で働くのは大変だと思う。でもスライムたちはどんどん増えるでしょう？　私が思うに、ワタルくんのスライムたちはワタルくんの役に立ちたくて頑張りたいんだと思うの。これからもね」

「はい……そうだと思います」

「そこで、増えすぎたスライムたちに働く場所を用意しなくちゃいけないけど、既にお店には働く場所がないのよね？」

「は、はい」

「それならば！　いっそのこと――『ぽよんぽよんリラックス』の従業員をたくさん雇ってしまったらいいんじゃないかしら？　ついでにお店も増やしちゃえばいいのよ」

「従業員を……たくさん雇う!?」

「そうよ。今の『ぽよんぽよんリラックス』って、店内をスライムたちが案内しているでしょう？その仕事も含めて全員魔族を雇えばいいのよ。各部屋に案内して施術の間にお客様と話せる従業員として働いてもらえばいいと思うの」

「で、でも、それではスライムたちがもっと働く場所がなくなるんじゃ……？」

「ふっふっふっ！　そうじゃないわ！　店員が増えれば、セレナちゃんにも余裕が生まれ、スライムたちもどんどん活躍できる……それに慣れれば、さらに支店を作れる！　そうなると利用する人にも優しくて、働く場所も増えてお互いにいいことしかないと思うの！」

「支店ですか!?」

「あら、何か気になるところでもあるの？」

エリアナさんが言ったことを僕も考えたことがある。

従業員の件はともかく、支店を出したいと――セレナさんから提案があったのだ。

僕は旅に出かける前はスライムたちの素晴らしさを広めたいと熱弁していたけど、鬼人族の里でのスライムたちの大活躍を見たセレナさんは、さらに熱意を持って、それを進めたいと言ってくれた。

今日、その話を切り出される前に誤魔化して逃げるように店を出たのは、そういう理由だったりする。

もしかして……お店の収益を僕に押しつけたのも、こういう狙いが……？　まさか……ね。

すると僕とエリアナさんのやり取りを聞いていたフウちゃんが、珍しく静かに部屋から出ようとした。

「フウちゃん？　どこ行くの？」

『ご主人様！　私たち！　大好き！　私たち！　ご主人様大好き！』

フウちゃんはいつもの元気いっぱいの姿を見せてくれる。

でも、どうしてだろう。少し寂しい気持ちが伝わってくる。

『私たち。たくさん。ご主人様。困る』

「えっ!?　そんなことないよ？　みんなが増えてくれるのはすごく嬉しいからね？」

『私たち。困る』

「えっ？　フウちゃんたちが……困る？」

『子どもたち。ご主人様。大好き。みんな。大好き！』

興奮したようにブルブルッと震えるフウちゃん。

『私たち。仲間。ご主人様。従魔。私たち――――ご主人様。力！』

「ふ、フウちゃん!?」

そう言い残したフウちゃんは、全力で走り去った。

向かう方向は間違いなく『ぽよんぽよんリラックス』だ。

追いかけようとした時、僕の腕をつかむ手があった。

「ワタル。私にはよく分からないけど、行かない方がいいと思う」

「エレナちゃん…………」

「ワタルくん。フウちゃんたちにはフウちゃんたちなりの考えがあって、このままワタルくんを困らせたくないんだと思う」

「僕は………みんな……大切で………」

「うん。知っているよ。ワタルくんはとても優しいもの。だからこそ、なんでも自分でどうにかしようとするのはダメ。仲間だからこそ、見守ってあげるべき時だってあるの」

「エリアナさん………」

「だから、今はフウちゃんたちの意思を尊重してあげよう？　セレナちゃんだってついているから、悪いようにはならないと思うよ」

「はい……」

無理しないといいけど……フウちゃんの雰囲気から、スライムたちはきっと……。


エリアナさんのところで食事を取り、コテツとエレナちゃんと一緒に平原に散歩に行ってから、またエリアナさんのところで夕飯を食べた。

すっかり日が落ちて魔道具やロウソクの火が照らす中、家で待っていると外からぽよんぽよんと音が聞こえてきた。

「みんな！　おかえり」

『ご主人様！　ただいま！』

スライムたちが一斉に僕に跳びついてくる。でも誰一人欲張る子はいない。一匹一匹が僕に触れると次の子に場所を譲る。スライムたちは常に仲間を大切にしているんだ。

『ご主人様！』

「うん？　どうしたの？」

『私たち！　ご主人様！　力！　なる！』

「今でも十分力になってるよ？」

『もっと！　力！　なる！』

フウちゃんに呼応して、みんなもその場で跳びはねて意思を示す。

『マッサージ！　世界！　行く！』

スライムたちはますます激しく跳びはねる。

それが答えなんだね。

「分かった。みんながそう決めたんなら、僕も応援するよ。でもね。これだけは覚えておいて？」

僕はスライムたちとフウちゃんを精いっぱい抱きしめた。

「僕はいつまでもみんなの味方だからね？　困ったことがあったり嫌なことがあったりしたら、すぐに言ってね？　無理しなくていいからね？」

スライムたちはまた代わる代わる僕に抱きついてきた。

その日。

僕は増えたスライムたちと部屋の中で一緒に眠った。

気づけばこんなに多くなって………リビングじゃないと全員入れなくなっちゃった。

リビングのソファーからスライムたちを眺めながら眠りにつく。

それはとても幸せなことで、スライムたちと楽しく過ごす夢を見た。

○

翌日。

急遽『ぽよんぽよんリラックス』の従業員増員計画と支店計画が同時に始まることとなった。

セレナさんは嬉しそうに張り切っていて、エヴァさんまで手伝いに来てくれた。

まずは、エヴァさんがすぐに従業員募集のことをシェーン街中に知らせて、セレナさんはその面接官を務める。ちゃっかりその隣にエリアナさんがいた。

応募してくれたのは、なんと百人を超える住民たち。

エヴァさん曰く、お給料が高いのもあるけど、『ぽよんぽよんリラックス』で働けば、従業員特別施術なんてものを受けられたりするから、そっちの方が目当てだという。

従業員の人数は全信頼を置いているセレナさんにお任せした。

結果、六十人を超える人数を雇うこととなった。

今回採れなかった応募者に関しては、シェーン街のお店の従業員の増員と、支店が完成して落ち着いてから、また支店を増やす時に優先して声をかけることにするという。

……やっぱり支店ってまた増えるんだね。


面接が終わって、セレナさんに早速合格者の皆さんを紹介するからと呼ばれた。

お店の中だと狭いので外で挨拶をする。

大半が猫耳族で、彼らは『ぽよんぽよんリラックス』に慣れているから大助かりだ。もちろん、他の種族も多い。

「オーナーのワタルです！　これから色々大変だと思いますが、無理はせず、よろしくお願いします！　それと、スライムたちが無理していたらすぐに休憩を取るように説得をお願いしますね！」

「「「はいっ！　オーナー！」」」

その日から研修が始まったけど、皆さんは既にお店を利用した経験が豊富なこともあってテキパキ仕事をしてくれて、より上質なサービスを提供できるようになった。

マッサージといえば、前世でも施術者と話しながら受けるのが気持ちよかったから、それを従業員とスライムの協力によって再現できるのは嬉しいことだ。

従業員も増えたし、お店を拡張するためにも料金の値上げを実施した。でも、クレームや不満の声は一切なく、お客様の人数も減らず、むしろよくなったサービスを喜んでくれた。

○

それから三日後。

僕はアルトくんとシェーン街の隣街であるベン街に行き、すぐに【拠点帰還】を使って屋敷に戻った。

シェーン街の屋敷ではエレナちゃんとセレナさんが待っていて、フウちゃんとみんなで再びベン街に向かった。

早速、以前知り合った冒険者パーティーのグランさんとジータさんのところを訪れた。

交渉事は全てセレナさんが行ってくれているのだが、事情を聞いたグランさんたちは、快くセレナさんに協力してくれた。おかげで今日の目的である――――不動産屋さんとの話がスムーズに進んだ。

今日ベン街に来たのは、ほかでもなく、『ぽよんぽよんリラックス』の支店となる建物を探すためだ。セレナさんの計画の一つは、シェーン街だけでなく別の街でも支店を開くことだった。

ただし一つだけ懸案事項があって、それはスライムたちと離れて暮らさないといけないことだ。

でもセレナさんから説明を聞いたのか、フウちゃんたちはやる気に満ち溢れていた。

応援するって約束したから、僕にできることを精いっぱい頑張ろうと思う。

不動産屋さんとセレナさんとの話し合いはあっという間に進み、支店候補の建物へ案内された。

少し年季の入った建物はシェーン街のお店よりもずっと大きかった。

中に入ったところに小部屋をたくさん作れそうなスペースがあって、二階には住居部分がある。

これならシェーン街から派遣された従業員も過ごしやすい。

もちろん、ベン街でも従業員を雇う予定だけど、それは少し時間が必要だからね。

とても気に入ったので、その場で即決して建物を購入することになった。金貨三十枚もしたけど、むしろ三十枚しか減らなくて驚いた。

だって、それならアルトくんたちと魔石を採りに行けば、五日もあれば稼げちゃうからね。それに貯金がまだまだあるし。

不動産屋さんとグランさんたちに建物の改装費を支払い、打ち合わせはセレナさんとフウちゃんにお任せして、僕はエレナちゃんとコテツとアルトくんと一緒に、エレナちゃんたっての希望で教会を訪れた。


「わあ～！　女神様がいっぱいだよ～！」

教会にエレナちゃんの可愛らしい声が響き渡る。

「エレナちゃん。ネメシス様の絵とは目を合わせてはいけないからね～」

「は～い」

猫耳族もネメシス様と目を合わせないのは常識みたい。

前回来た時にたくさん説明してくれたシスターのセーニャさんが出迎えてくれた。

「ワタルくん、お久しぶりです。本日はご友人と来られたのですか？」

「はい。こちらはエレナちゃんです。女神様を一目見ておきたかったそうで」

「それでしたら、また私の方で案内いたしましょうか？」

「「よろしくお願いします！」」

笑みを浮かべたエレナちゃんはペコリと頭を下げる。セーニャさんも優しく微笑んだ。

今回も丁寧なセーニャさんの説明にエレナちゃんは夢中になって聞き入っていた。

僕は前回聞いていたので、その間にチラッと教会内を見渡す。

教会に売店なんてあったんだね。前回は気づかなかった。

と、その時。

『ワタルくん』と、僕を呼ぶ声が聞こえた。しかも普通の声とは違う。アルトくんたちのような念話の声だ。

声がする方に視線を向けると、そこには大きな女神様の像しかなかった。

教会内には四柱の女神様の等身大の像があり、それぞれは少し離れていて、声がした方にはガイア様の像が立っている。

――『ワタルくん――祈りを――捧げ――』
え？　祈り？
不思議に思いながらも、言われたままにガイア様の像の前で祈りを捧げた。
全身の感覚がまるで空を飛んでいるかのようになった。
――『ワタルくん。こちらです』
また声が聞こえる。
でも祈り始めてからは、目も開けられなければ身体も動かせない。
――『意識を集中するのです。さあ、こちらに』
声がする方に意識を向ける。
歩くのとは違う、飛ぶのとも違う感覚で、僕は声がする方に近づいていった。

「さあ、もう目を開けられると思います」

「あれ？　本当だ！」

声に従うと、目が開けられた。

そんな僕の前に広がっているのは、今まで見たこともないような――美しい景色だった。

どこまでも続いていそうな空の向こう。虹色の光がキラキラと光っていて、虹色の雲は常に形を変えながら動き続けている。

今度は視線を足元に移すと、花がたくさん咲いていて、どの花も虹色に輝く美しさを見せていた。

「初めまして。ワタルくん」

その景色に驚いていると後ろから優しい声が聞こえて、反射的に振り向いた。

そこには――絵や像で見た通りの、大地の女神様がいらっしゃった。

「大地の女神様⁉」

「うふふ。初めまして。大地の女神、ガイアです」

「あ、あの！　ガイア様！」

「はい？」

「えっと――」

言いたいことがたくさんある。

たくさんありすぎて何から話したらいいか分からず、今一番思っていることを口にした。

「ありがとうございます！　僕をこんな素晴らしい世界に連れてきてくださって！」

「うふふ。そう言ってくださると私も嬉しいです」

「それに、あの日もありがとうございました！」

「あの日？」

「チュートリアルスキルを教えてくださった日です。あのメイドさんって、ガイア様ですよね？」

ガイア様は嬉しそうに微笑んで小さく頷いた。

やっぱり教会の絵を見た時に思った通り、あの時のメイドさんはガイア様だったんだね。

「今日はワタルくんに伝えなければならないことがあって、こうしてお呼びしました」

「伝えなければならないこと？」

「さあ、こちらにどうぞ」

ガイア様は花畑の前に座ると、隣をポンポンと叩いて座るように促した。

彼女の隣に座ると、前方にはまた幻想的な景色が広がる。

「エデンイール世界は楽しいですか？」

「えっと、異世界のことでしょうか？　それならとても楽しいです」

「それはとてもよかった。実はワタルくんがこちらの世界に転生したのは手違いだったのです。ただ、それもまた必然だったのかもしれません」

必然？

「勇者くんに巻き込まれただけでしたもんね」

「………はい。勇者に巻き込まれてしまったんです。ある人物の悪意によって」

「悪意……ですか？」

なんとなく、答えを聞く前にそれが誰なのか予想がついた。

「ネメシス様？」

「ネメシス」

ガイア様と声が同時に被った。やっぱりそうだった。

「ネメシスのことはどれくらい知っていますか？」

「ネメシス様はどの種族も愛さず、魂を取り込むと聞きました」

「ええ。その通りですが、一つだけ間違いがあります」

「間違いですか？」

「ネメシスは…………たった一人を愛するのです」

「たった……一人」

女神様たちは誰かを愛するけど、ネメシス様だけは誰も愛さないと聞いていたので驚いた。

となると、その一人が誰なのか、とても気になる。

「ネメシスは生まれながらにして、たった一人だけを愛します。それも人族の中からだけなのです。

彼女が愛する存在は――勇者だけです」

勇者……僕と一緒にこの世界に転生した彼だ。

「あの勇者くんが……」

「…………ですが、実は、彼女が愛するはずだった勇者は、彼ではありません」

「えっ!?」

「彼女が愛するはずだった勇者は――――ワタルくん。貴方です」

「えええええ!?」

僕の想像とはあまりにもかけ離れた答えに大声を上げてしまった。

「ぼ、僕ですか？」

「エデンイール世界には、定期的に地球から勇者を連れてこなければならない理由があります。ですが、前の勇者が二度とそうならないで済むように仕組みを書き換えました。それから……エデンイール世界には勇者が必要なくなったんです」

前の勇者というのは、白狐族や猫耳族がよく話している「古の勇者様」のことかな？　でも、それなら勇者くんがこの世界に来たのは……？

「ですが、勇者だけを愛するネメシスは現れなくなった勇者を求めました。しかし、前の勇者が仕組みを変え、平和になったこの世界には、もう勇者はいらなかったのです」

平和というその言葉に少し違和感を覚えた。だって僕がここに来た時は、世界は平和そうに見えなかった。

それは勇者による魔族との戦争だけではなく、鬼人族や白狐族の件だってそうだ。

「そこでネメシスは考えました。どうすればまた勇者が世界に必要になるのか。そして彼女は遂に考えついたんです――――この世界に『真の魔王』を呼び寄せることで勇者が生まれると」

「真の魔王!?」

「はい。勇者と魔王は表裏一体の存在。魔王を倒すために勇者がいるのです。エデンイール世界では魔族の国の王のことも魔王と呼んでいますが、それとは違います。彼女はあくまで魔族の中での王なのです。真の魔王ではありません。そして、真の魔王は――――人族から生まれます。そして、ワタルくんと一緒にこの世界に渡った彼こそが、真の魔王なのです」

「えええええ⁉　あの勇者くんが⁉　でも勇者ですよ⁉」

まさか魔王が人から生まれるなんて、想像だにしなかった。しかもそれが、あの勇者くんだなんて……。でも、なぜかそれが妙に納得いく。だって……今の勇者くんは……悪そのものだから。

「ネメシスの力によって、この世界に再び魔王が降臨し、世界は一度混沌《こんとん》に落ちる予定でした」

「予定……ということは、上手くいかなかったんですね？」

「ええ。偶然にもその予定が大きく変わってしまったんです。ワタルくんのおかげで」

「僕？」

「はい。たまたまネメシスが魔王をこちらに呼んだ時、ワタルくんが巻き込まれました。本来なら巻き込まれるはずないのです。さらに言うと、事故に巻き込まれたワタルくんが転生することもなく、転生するのは彼の魂のみのはずでした」

「ではどうして僕が？」

「あまりにも偶然に……ワタルくんこそが――――エデンイール世界の勇者となるはずだった人だからです」

「え……？」

僕が…………勇者？

隣に座っているガイア様が優しい笑みで僕をまっすぐ見つめている。

「本来なら魔王が先に転生して、その後にワタルくんが魔王を倒すために勇者として転生するはずでした。それが偶然にもワタルくんが巻き込まれたことで、勇者と魔王の力が入り混じってしまったんです。そして、魔王となるはずだった彼の魂に勇者の力が宿ったため、本来はワタルくんが勇者となる存在だったことにネメシスは気がつかなかった。ネメシスは最初こそ魔王を呼んだつもりでしたが、いきなり勇者が転生してくるとは夢にも思わなかったことでしょう。ですが、これで魔王を誕生させる手間が省けたと、ネメシスは彼を迎えた。ただ、そこには大きな誤算がありました」

「誤算……ですか？」

「はい。ネメシスが魔王のために用意した本来の力――『世界を壊す力《チュートリアルスキル》』です。ワタルくんと彼の魂には、勇者の力と魔王の力が入るための器が一つずつあります。そこにはチュートリアル中、チュートリアルスキルが入り、チュートリアルが終われば消える予定でした。ネメシスは、チュートリアルスキルが消滅する時に魔王の力を与えるため、チュートリアルスキルを依り代として魔王の力を付与していたのです。つまり、それが器に入ることで真の魔王となるのです。ところが、魔王になるはずだった彼が勇者になったことで、魔王の力は不要になり、そのままチュートリアルの終了時にチュートリアルスキルと共に消滅する手はずでした。しかしその時、ワタルくんのチュートリアルスキルに私の加護が融合し、魔王の力が付与されたままのチュートリアルスキルが、ワタルくんの中に残ってしまったのです」

「融合……!?」

「魔王となるはずだった彼が勇者になったことで、本来勇者となるはずだったワタルくんは何の力も持たずに、前世の記憶があるだけの人間として転生することになる予定でした。ところが、魔王の力に置き換わっていないままのチュートリアルスキルを手に入れたことで、魔王ではないけれども魔王と同等の力を持った人間として転生したのです。本来、チュートリアルスキルはこの世界を絶望に陥れる力になるはずでした………ワタルくん、その力で世界を救い、真の魔王を止めてくれて、本当に感謝します」

「ま、待ってください！　僕は救うとか何も………」

「ふふっ。ワタルくんは自分でも気づかないまま世界を救っています。やがてそれは大きな波になり、世界を平和に導くでしょう。ですが、一つだけ不安があります」

遠くを見つめるガイア様。

きっとその視線が向けられているのは――

「ネメシス様ですね？」

「はい。彼女は今でも勇者が完全な状態でこの世界に存在し続けることを望んでいます。聖剣を失い、力を発揮できない不完全な勇者では、ネメシスは満足できないでしょう。遠くない未来――聖剣を奪い返し、勇者を完全復活させるために、ネメシスはまた仕掛けてくるはずです」

「また………」

「ですが、私たちには希望となるワタルくんの力があります。そして、ワタルくんのおかげで私も――――ようやく戦えるようになりました」

「えっ!?　ガイア様も!?」

「神にとって大切なのは信仰です。私を信仰する信者たちは格段に増えています。このままいけば、いずれ私の力でネメシスの介入を止められるでしょう。それまで――――どうか世界を守ってください。巻き込まれただけなのに、こちらからのお願いばかりで申し訳ありません」

ガイア様は僕に向かって深々と頭を下げた。

座っているのもあり、土下座に近い。

その姿に偽りなんて何一つなく、ただただ世界を守りたいという気持ちが伝わってきた。

「ガイア様、頭を上げてください。僕はガイア様に助けられましたから、恩返しができるなら、むしろ嬉しいですよ。巻き込まれたのはガイア様のせいじゃありません。それにガイア様の加護がなければ、僕は魔王になっていたかもしれませんし」

「ワタルくん……ありがとう」

ガイア様との初めての出会いは驚きの連続で、あっという間に時間が過ぎていった。

この美しい世界は神界という場所みたい。またガイア様が呼んでくれるそうだ。

ゆっくり目を開けると、僕を覗き込んでいるエレナちゃんの顔が鼻の先にあった。

「うわあ⁉」

「わあ！　ワタル！　お祈りしてたら身体がキラキラ光ってたよ～？」

「ワタルくん！　もしかして女神様から啓示を受けたのですか⁉」

エレナちゃんとセーニャさんの二人から同時に声を掛けられる。

「あはは……ちょっと集中してしまったみたい。啓示は……受けていないです」

ガイア様から今日の出来事は誰にも話さないようにと言われたので、黙っていることにする。

なんとかセーニャさんを誤魔化して、僕たちは教会を後にした。

エレナちゃんは女神様の絵をとても楽しんだみたいだ。

それからセレナさんと合流して、僕たちはシェーン街に帰った。

セレナさんは着いてすぐにエヴァさんに報告に行くと足早に離れていったので、二人でお店に向かった。

店には店番をしているエリアナさんがいて、待合室のお客様と楽しそうに話していた。

「ワタルくん、エレナ、おかえりなさい～」

「『ただいま～』」

「あら？　ワタルくん？　コテツくんの姿が見えないわよ？」

「あ～コテツは――――少し散歩に行ってます」

「あれ？　そういや、コテツくんいなくなったね？」

エレナちゃんが首を傾げた。実はコテツは――――神界に残してきた。

ガイア様がどうしても会ってみたいということで、神界で【ペット召喚】してみたら召喚できた。

今は神界を走り回っているはずで、三日くらい向こうで遊んでくる予定だ。

仕事をしているスライムたちを労っていると、セレナさんとエヴァさん、ステラさん、ジェシカさんが一緒に店に来た。

みんなすっかり仲良しになったようで、一緒に並んでいる距離感がとても近い。

「おかえりなさい、セレナさん。皆さんもいらっしゃいです」

「ただいまです、オーナー。早速ですが、追加の従業員の審査が終わりました」

あはは……さすがはセレナさん。仕事の熱量が伝わってくるね。

紙を何枚か受け取って眺める。従業員となる人たちの個人情報が書かれていた。

全員確認するべきなんだろうけど、セレナさんが選んでくれた人たちなら信用していいと思う。

もちろん一人一人しっかり確認してちゃんと名前を覚えないとね！　こういう時、顔写真なんかもあったら覚えやすいのにな。

お店はエヴァさんたちが来たことも相まってすごく盛り上がって、お客様たちもスライムたちもとても喜んでくれた。

○

それから数日。

シェーン街の『ぽよんぽよんリラックス』本店を拡張することになったり、隣街のベン街に出す支店で開店準備をしたりしながら、慌ただしい日々を送った。

コテツを神界から三日ぶりに召喚すると、すごい勢いで顔を舐められた。

ガイア様との時間はとても楽しかったみたいだ。またいつか神界に遊びに行きたい。

『ぽよんぽよんリラックス』の本店はセレナさん抜きでも回せるようになったので、支店で働くことになるスライムたちやセレナさんたちとベン街にやってきた。

購入した店舗に着くと、たった三日だというのにすっかり改築が終わっていた。

ベン街で雇った従業員たちとスライムたちを会わせる。

「ワタルくん～。手伝いに来たよ～」

中を覗いたのは、ジータさんたちだった。

「ジータさん、いらっしゃいです～」

「みんなで来たよ～」

皆さんには開店前の練習相手をお願いしている。

「噂の『ぽよんぽよんリラックス』……！　ものすごく楽しみだわ！」

ベン街には毎日来ていたし、改築が終わった店舗も本店に似た構造にしているので、すぐに準備に取りかかる。もちろん指揮を執《と》るのはセレナさんだ。

毎日練習していたからか、ベン街支店の従業員たちの連携はなかなかのもので、本番さながらのテキパキした動きを見せた。

まだ『ぽよんぽよんリラックス』を知らない魔族さんがたくさんいて、開店した訳でもないのに、店舗の外ではどういうお店なのか多くの皆さんが様子を窺っている。

それも確かにそうで、今日、ジータさんたちには、店内ではなく特製の青空会場でマッサージを体験してもらうのだ。

事前に用意した手持ち看板を従業員の皆さんが持ちながら、外のテラスに体験用のベッドを並べる。

早速ジータさんたちはそのベッドにうつ伏せになった。

「初めまして！　ベン街の皆さま！　『ぽよんぽよんリラックス』のオーナーのワタルっていいます！　明日から開店する『ぽよんぽよんリラックス』は、スライムたちによるマッサージを楽しめる店となっております！　隣のシェーン街では、とても人気のあるマッサージ店なので、ぜひ体験してみてください！　完全予約制ですので、お早目の予約をおすすめします！」

挨拶を終えると、本店から派遣されたベン街支店長と、ベン街従業員たちがスライムたちを連れて、ジータさんたちのところにやってきた。

「これから『ぽよんぽよんリラックス』式マッサージをお見せいたします！」

スライムたちは、二匹ずつジータさんたちの腰と足の裏に乗り、ぽよんぽよんと音を立てて跳びはね始めた。

「ひいっ⁉」

何かを我慢するようなジータさんに、見守っている皆さんの注目が集まる。

そして――

「気持ちいい～！　何これ～！」

極上の楽園にいるかのような幸せな表情でくつろぐジータさん。

さらに従業員がジータさんのところで色々な話を始める。

何気ない会話から、普段身体が痛い場所などの聞き取りをして、途中でスライムたちに重点的にマッサージする箇所を伝えたりする。

スライムたちの懸命なマッサージが終わると、ジータさんの表情が一変する。

「えっ……？　もう終わり⁉　ワ、ワタルくん！　お願い！　もう少しだけ！」

「ダメです！」

「お願い！　――お金ならちゃんと払うから！　ほら！」

焦ってベッドの横に置いたお金が入った袋から銀貨を取り出すジータさん。

「ダメですっ！　うちのお店ではちゃんとルールを守ってください！　一人が受けられる時間はこれが限界ですから！」

「お願いだよぉぉぉぉ！」

小さな僕の身体にしがみつくジータさん。

しかも同時に終わったグランさんたちも同じ行動を取った。

ジータさんたちを見守っていた魔族さんたちは苦笑いを浮かべていた。

もちろん――――明日の予約分は一瞬で埋まった。


お店の宣伝が済み、予約も落ち着いて今日の仕事も終わりを迎えた。

「ワ、ワタルくん！　手伝い頑張ったんだから、もっかいお願い！」

ジータさんが両手を合わせて正座でお願いしてくる。

ベッドの運搬とか色々助けてくれたし、スライムたちも働き足りなさそうにしていたので、もう一度マッサージを受けてもらった。

それから従業員の皆さんにも体験してもらう。『ぽよんぽよんリラックス』のよさを実感して、これから頑張ってもらいたいなと思う。

「みんな～！　お疲れさま！」

スライムたちが代わる代わる僕に跳びつく。

「あはは～しばらく会えないかもしれないけど、また遊びに来るからね？」

少しだけ寂しい気持ちが伝わってきたけど、みんなから心配しないでと言われている気がした。

隣街だし、アルトくんに走ってもらったら近いし、また来ると伝えて、僕たちはベン街支店を後にしてシェーン街に帰った。


さらに数日が経過して、ベン街に向かったスライムたちが恋しいのか、またもやスライムがたくさん増えた。丁度ベン街からスライムたちを増やしてほしいとの要請があったので、それに応えることができた。たった数日なのに、ベン街では既にものすごい好評みたい。

第7話

そんなある日のこと。

ベン街に東から大勢の鬼人族が流れてきた。

彼らは『ぽよんぽよんリラックス』を求めて、鬼人族の里の周辺で採れる素材、特に以前エヴァさんに言われて僕が物々交換した素材を多く引っさげてやってきた。ただ、観光気分でやってきたのではなく、里の外で暮らすことを考えて来た人たちが多かった。

ベン街にはダンジョンがあるので、魔石を売ればお金には困らないだろうし、鬼人族は元々戦闘能力が高い種族でもあるので十分に戦えるはずだ。

エヴァさんの機転により、戦いが得意な鬼人族はベン街で魔石を狩る仕事をしながら生活することになったり、シェーン街で兵士として働く人がたくさん増えたりすることになった。


エレナちゃんと一緒に、鬼人族にシェーン街を案内する仕事をこなして落ち着いた頃。

フウちゃんと一緒に散歩に出かけていたコテツが、不思議な石を咥えて帰ってきた。

「あれ？　コテツ？　それは何？」

「ワンワン！」

えっと、不思議な石を拾ったからあげると言っているのかな？

「ありがとう」

素直に石をもらい、コテツをわしゃわしゃと撫でた。

石をテーブルの上に置く。赤と青と緑の色が交互に発光して、見た目は非常に美しい。

何かしらの宝石なのかな？

「ワタルくん～!!」

その時、外から僕を呼ぶ慌てた声が聞こえてきた。エヴァさんかな？

僕が返事するよりも早くコテツとフウちゃんが見事なコンビネーションで扉を開いて、エヴァさんを連れて中に入ってきた。

何か慌てているようだ。

「エヴァさん、いらっしゃいです」

「ここで不思議な魔力を感じたから急いで来てみ――――ええええ!?」

「えええ!? ど、どうしたんですか?」

慌てて部屋に入ってきたエヴァさんは驚いた。

そのままテーブルの上に置いてある石の前に飛んできて、まじまじと見つめている。

「エヴァさん、その石を知ってるんですか? 魔石ではないみたいですけど……」

「知ってるも何も! これって――皇鋼亀《エンペラータートル》の心臓だわ! 間違いない!」

「えええ!? 皇鋼亀って、叢雲の材料になった骨の?」

「ワンワン!」

コテツが「そうだよ」と言わんばかりに吠える。

「ワタルくん!? 一体こんなにすごいモノをどこで?」

「コテツが持ってきてくれたんです。散歩中に拾ったみたいです」

「コテツくん!? これをどこで手に入れたのか聞いてもいいかしら?」

「ワフン? ワ～ン」

ゆるく応えるコテツに、エヴァさんが肩を落とした。

どうやら欲しい答えではなかったようだ。

「散歩してたら拾った……そんなことがあるかあああああ〜！」

エヴァさんは大袈裟に両手を上げて叫んだ。

「エヴァさん？　欲しいんだったらあげま――」

「ワタルくん⁉　それは絶対にダメよ！　これってものすごく大切なモノだから。ちゃんと自分のために使ってね？」

「そうなんですか？　でも使えるところも分からないから……」

「あのね？　ここまで貴重な素材は――レジェンダリーマテリアルと呼ばれているの。装備を作ったり魔道具を作ったりできるのよ？　それにこの石は素材の中でもっとも貴重とまで言われているの。これがあれば、ワタルくんが思うがままのものすごい魔道具だって作れるわよ！」

「そうなんですね〜。魔道具か〜。考えてみます」

「それがいいわ。そういえば、近々新しい街に行くんだよね？」

「はい！　ようやくエリアナさんの許可を取らずに外出できるようになりましたから」

結局、禁止令がなかったとしても、お店の仕事とかで旅には出かけられなかったけどね。

「それなら、グライン街に行ってみたら？　あの街はね、近くのダンジョンで魔石が採れるから、魔道具師がたくさんいるの！　そこならワタルくんが欲しい魔道具を作ってくれる魔道具師が見つかると思うわ。ワタルくんなら依頼料金に困ることはないだろうし、とてもいい機会だと思うよ」

「いいですね！　グライン街に行ってみます！　ありがとうございます！　エヴァさん」

次なる目的を見つけることはできたけど、このような素晴らしい素材で、どんな魔道具を作ってもらうべきか悩む日々を送ることとなった。


遂にエリアナさんのお出かけ禁止令の期間が終わりを迎えた。

これでやっと旅に出られる。

と思ったのに、玄関の前では仁王立ちをした笑顔のエレナちゃんが待ち構えていた。

「おはよう！　ワタルッ！」

「おはよう、エレナちゃん」

朝一でエレナちゃんの満面の笑みを見られて嬉しいけど、まさか禁止令延長なんて言わないよね？

「ワタル、今日からまた出かけるんだよね？」

「そうだね。グライン街に行こうと思ってるよ」

「じゃあ――――私も行く～！」

「ええええ⁉」

「ワタルなら家に帰ってくる魔法が使えるでしょう？　それを使えば、私が一緒に行っても問題ないよね？」

「それはそうなんだけど……初めて行くところだから危険がたくさんだよ？」

「コテツとアルトくんがいるから大丈夫！　ちゃんと守ってくれるって言ってた！」

「言ってた⁉」

思わずコテツに視線を向けると、ドヤ顔で「ワフッ」って応えた。

「えっと、エリアナさんとゲラルドさんの許可がないと――」

「もらったよ！」

「もう⁉」

「ずっと前から相談してたの！　ワタルを一人にすると、いつシェーン街に帰ってくるか分からないから私が監視役になる！」

か、監視役………。

「エヴァお姉ちゃんやステラお姉ちゃんも行きたがってたけど、エヴァお姉ちゃんは忙しいし、ステラお姉ちゃんは人族だから、知らない魔族に会ったらまだ危ないかもしれないからね！」

「そ、そうだね………」

エレナちゃんだって危ないと思うんだけどな……。

「それに、私もちゃんと強くなったんだよ？」

「ん？」

「ワタルがいない間、ずっとワタルから教わったやり方で狩りを続けていたから！　ちゃんとレベルアップもたくさんしているの！」

ということは、エレナちゃんは僕がいない間もレベルを上げていたってことなのか。

そんなに努力しているエレナちゃんの頑張りを無下《むげ》にするのはよくないと思う。エリアナさんたちから許可をもらえたのも、きっと努力の賜物《たまもの》なんだろうね。

それに彼女が言う通り、毎日帰ってくればいいし、危なくなったら逃げればいいか。

「分かった。エレナちゃんと一緒に旅ができるなら僕も嬉しいよ」

「やった！　ありがとう～！」

ものすごい勢いで抱きつかれた。未だに女の子に抱きつかれるのには慣れなくてちょっぴり恥ずかしいけど、スキンシップの一環として受け入れないとね。


アルトくんとカミラさんを迎えに行くと、二人とも準備を終えていた。

弁当を受け取りにエリアナさんのところに向かう。

エリアナさんは大きな弁当箱を用意していて「うちのエレナちゃんをお願いね」と言ってくれた。

こうして、アルトくん、カミラさん、コテツ、フウちゃんにエレナちゃんを加えた六人で、中断していた旅に出かける。次の目標は、パス街からさらに東にあるグライン街だ。

○

「わ～い！　アルトくん、はや～い！」

僕たちはアルトくんとカミラさんの背中に乗り、エレナちゃんは楽しそうに声を上げた。

二人はとても速くて、僕たちは気持ちいい風を受けながら、流れていく景色を堪能する。二人のおかげでベン街からほどなくして鬼人族の森が目に入った。

その時、僕の頭の中に不思議な声が聞こえてきた。


――『ワタルくん、聞こえますか？』

「あれ？　ガイア様？」

――『はい。少しお願いがあって、こうして声を届けています』

アルトくんたちと同じ念話だけど、少しだけ感覚が違って、ものすごく遠くから届いてくる感じで、ガイア様の綺麗な声が頭に響いてくる。確か、教会でも同じだった。

「カミラさん！　少し休憩しましょう！」

『えっ？　ここで？』

「はい！　ガイア様から声が届いてましてて」

「ガイア様～？」

『『えええええ⁉』』

エレナちゃんとアルトくんとカミラさんは大袈裟に驚いた。


すぐに木の陰で休憩をすることに。

丁度お昼時だったので、昼食を取りながらガイア様と話すことになった。

「ガイア様～、お待たせしました」

『ワタルくん。お願いしたいことというのは、丁度今通り過ぎている鬼人族の土地の件なんです』

「鬼人族の土地ですか？」

『はい。実は鬼人族の土地の地下には、特別なダンジョンがあります。ワタルくんに、そこを攻略してほしいんです』

「ダンジョン！」

特別なダンジョンという言葉はワクワクする響きだ。

『そのダンジョンを攻略し、最深部でスキル【聖地】を使ってください』

「分かりました！」

少しでもガイア様に恩返しができるなら頑張りたい。

『鬼人族の城に宝物庫があります。奥に隠し扉があって、そこから入れます』

宝物庫か……入れてもらえるだろうか？　ジェシカさんやエヴァさんに先に相談すべきかな？

「分かりました！　ただ、それって今すぐ攻略した方がいいですか？」

『早い方がいいですが、ワタルくんの用事を優先してくださって構いません』

「ありがとうございます。では、次の街で魔道具の依頼をしてから向かいたいと思います」

こうして、グライン街の次の目的が決まった。


カミラさんたちにも事情を説明した。

ガイア様からの頼みってこともあって、みんな真剣な表情をしていた。

が、…………エレナちゃん？　ダンジョン攻略にはさすがに連れていけないと思うよ？

昼食が終わって、本来なら数日かかるという道をアルトくんとカミラさんがすごい速度で走り抜け、パス街をあっという間に通り過ぎて景色を堪能する暇もなく――――グライン街が見えるところまでやってきた。

「カミラさんたち、僕と会った頃よりも速くなってません!?」

『そりゃ速くなるわよ』

「えっ……？」

『私たちもちゃんと成長するのよ？　普通に過ごすだけだとレベルアップする機会は少ないけど、ワタルくんと冒険しているとそういう機会も多いからね。私もアルトも何度もレベルアップしているから、速くもなるわよ』

そ、そうだったんだ……。

レベルアップするのって、てっきり人というか、人族や魔族たちだけだと思っていた。

コテツはペットとして僕が召喚しているので、レベルアップすることはなさそうだけど、何気にコテツも強くなっている気がする。

「もしかして、コテツもレベルアップできる？」

「ワフン……」

コテツの垂れた耳がより垂れた。

コテツの頭を撫でる。レベルアップしないとしても、強くなってるのは間違いない気がする。

「ワタル〜、あの街、シェーン街より大きくない〜？」

「そうだね。グライン街はすごく広いってエヴァさんが言ってたよ」

『ワタルくん、残念だけど今日はグライン街には入らずに帰るわよ』

カミラさんの言う通り、既に日が傾き始めている。

ここまで来るのに数日かかるのを、たった一日で着いただけでもすごいということだ。

明日が楽しみだと笑うエレナちゃんに、僕も笑みがこぼれた。

次の日。

【拠点帰還】に登録された出征地点を使って昨日進んだ場所まで戻る。

シェーン街の景色から、大きなグライン街の城壁が視界に映る。

見た感じでは、シェーン街よりも数倍広そうだ。

エヴァさん曰く、魔道具作りが盛んな街で、敷地は魔族の国の中でも随一の広さを誇り、王都よりも大きいらしい。

ただ、魔道具の置き場や研究場としての土地が多いため、敷地の広さに対して人口は少ないという。魔石を狙ってお金を稼ぐような魔族が訪れることもあるが、ここに住もうとする魔族はあまりいないそうだ。

というのも――

「ワタル～、街から黒い煙が上がってるよ？」

「魔道具製作で失敗して爆発したりするみたい」

「そうなんだ～」

グライン街に魔族が住みたがらない一番の理由は、「事故に巻き込まれてしまう」からである。

「危ないからレスキュー隊もしっかり配備しているみたい。魔道具ってとても便利だから、国も力を入れて開発しているらしいよ」

国が得る税収の中から大きく費やされているのが、魔道具開発を促進するための政策費だという。人族は魔道具の開発を国ではなく個人や商会に任せているみたいだけど、魔族の場合は国を挙げて開発を進めているそうだ。しかも兵器ではなく一般用の道具を。

早速グライン街の入口に向かう。

しかし入口っぽく見えていた場所に門はなく、入口ではなかった。

門はないけど、警備の兵士さんが立っているので聞いてみることにする。

「ん？　もしかして英雄殿!?」

「初めまして。英雄ではないんですが……ワタルといいます」

「おおお！　遂にグライン街にも英雄殿が訪れてくださるとは！　とても光栄です。小さき英雄殿」

こんなやり取り……前にもあったね。

兵士さんに求められて握手を交わした。それを隣で見ていたエレナちゃんがクスッと笑う。

「英雄殿、グライン街は初めてでしょうか？」

「はい、とても楽しみにしてました」

「それはとても嬉しい限りです。では中への入り方を説明します。あそこに円盤がありますが、あの円盤に乗って『入場』と唱えてみてください」

兵士さんに言われた通り、地面に置かれている不思議な円盤に乗り込んだ。近未来的な白くてツルツルした人工の円盤だ。

「入場」

声を出すと、円盤から魔力の気配がして、ゆっくりと動き始めた。

なるほど！　これはエレベーターのようなモノだね！

「わあ！　ワタル！　円盤が動いているよ！」

「うん！　このまま中に入れてくれるのかな？」

浮かんだ円盤は地面から五メートルほど上の壁に向かう。

円盤が壁の前に着くと、自動扉のように白い壁が左右に開いた。

「すごい～！　横に開いたよ～！」

そのまま中に入っていく。と同時に、グライン街の近代的な光景が広がった。

まずは建物。
四、五階建てが多くて、前世で言うビルが並んでいる様と似ている。
ゆっくり地面に着いた円盤から降りて、大通りをのんびり歩きながら建物を眺める。

そんな中、建物以外にも気になるモノがあった。

「ワタル～！　あれ見て！」

エレナちゃんが指差したところにあったモノは――前世でよく見かけたキックボードだった。

しかも、エンジン搭載型の魔道具なのか、人が乗ったまま道をすいすい駆け抜けていた。

「乗っただけで移動できるのは便利だね」

「乗ってみたい！」

僕もだけど、エレナちゃんも気になる様子で、やっぱり乗ってみたいよね。

キックボードがたくさん並んでいるお店があったので、中に入ってみる。

「こんにちは〜」

「いらっしゃいま――――ええええ!?　英雄様!?」

「あはは……英雄ではないんですけど………」

「おおおお！　とても光栄です」

勢いで求められて強制的に握手をさせられたのは、ダークエルフの女性の店員さんだった。

エヴァさんからもらった友人の証って本当にすごいんだな……。

「あはは……あの、これって借りられますか？」

「はい！　これはボードという乗り物でして、速度はそれほど出ませんが、乗ったまま移動できるんです」

「ここに来るまでの間、乗っている人たちを見かけました！」

「ふふっ。ボードはうちの専売特許で、うちでしか借りられないようになっています。ワタル様もぜひ乗ってみてください！」

「嬉しいです！」

「一応、二人一緒に乗れるのですが、可愛いお嬢さんは一緒に乗りますか？　別で乗りますか？」

「別で乗りたいです！」

エレナちゃんの希望もあり、ボードを二つ借りることに。

料金を支払おうとしたら、「英雄様に乗ってもらう方が光栄なので料金はいらない」と言う。

お金は『ぽよんぽよんリラックス』のおかげでたくさんあるから、支払いに困ってはいないんだけど、店員さんが目を輝かせて言うので素直に厚意を受けることにした。

借りたボードに僕とエレナちゃんそれぞれが乗り込む。

前世のキックボードとなんら変わりはないけど、足置き場の前方にペダルがあって踏むと前に進む仕様のようだ。

早速ボードに乗ったエレナちゃんは楽しそうに道を進む。

「わあ～！　すごい～！」

僕もエレナちゃんの後を追いかけた。

『ふふっ』

小さく笑うカミラさんの声が聞こえた。

大通りを道沿いに進むと、やがて高い建物がなくなって、代わりに広大な敷地を持つ家をちらほら見かけるようになった。

家も普通の様式ではなくて、まん丸い形をしている。

これもどこか近未来的な形だね。

と、――――ある家から爆発音が聞こえた。

驚いてすぐに駆けつけようとしたけど、すぐに空から真っ赤な服を着た魔族たちが大きな箱を持ってきて上空で止まると、箱の下部が開いて大量の水を降らせた。

噂に聞くレスキュー隊だね。消火が終わるまで眺めていると、上空のレスキュー隊が僕に気づいてまっすぐこちらにやってきた。

「うおおおおおお！　英雄様だあああああ！」

八人いるレスキュー隊員たちから握手を求められて、それに応える。

握手を交わした彼らはまた空を飛んでいった。

爆発があった家の中から、びしょ濡れの白いガウンを着て眼鏡をかけた、幼い魔族の男の子が不満を口にしながら出てきた。エレナちゃんとは違い、猫耳ではなく垂れた犬耳がついているので、犬耳族なのが分かる。

「ったく、また失…………ん？　英雄？」

彼は興味ありげにこちらを見つめた。

「あはは……英雄ではないんですけど…………」

「ふう～ん。後ろは白狐族かい？」

「そうです」

「ふう～ん――――なぁ、ちょっとラボの中に入ってくれよ」

玄関口を指差した後、僕たちの反応を気にする素振りすら見せず、ラボと呼んだ家の中に入っていく。

「ワタル～、あの窓から見えるモノってなんだろうね～？」

エレナちゃんは窓から見える中のモノが気になるらしく、早く入りたいようだ。

せっかくの機会だし、一緒にラボの中に入った。

ラボの中は広い部屋が一つあり、入口から真ん中にあるテーブルまでの通路は開けているが、それ以外の場所には山のように素材やら機材やらが積まれていた。

「そこに座ってくれ」

テーブルの周りにはいくつも椅子があって、言われた通りに座った。

エレナちゃんは周りの発明品と思われるモノが気になるらしくて、そちらに夢中になっている。

「改めて見るとすごいな。白狐族と一緒に旅をしているのか？」

「そ、そうですね。よく旅だと分かりましたね」

「僕はリオ。年齢も近いだろうからタメ口で構わないぞ」

リオくんが白いマグカップを持ってきてテーブルの上に置いた。

中には緑色の飲み物が入っていて、少し甘い香りがふんわりと立ち昇った。

口にしてみると、前世の抹茶ラテに似た味で、ほんのりした苦みの直後に甘さが口の中に広がる。

「美味しい！」

「一度苦さを感じた後に甘さを感じると、リラックスできるから頭の回転がよくなるんだよ。研究者にはもってこいの飲み物だね」

……………僕は研究者ではないんだけどね。

「わあ～！　ワタル！　見て見て！」

エレナちゃんが何かを見つけたみたいで、大きな腕のようなモノを持ち上げた。

「それはゴーレム用のパーツだな。失敗してしまったけど。欲しかったらあげるぞ」

「え～、いらない」

「………………」

エレナちゃんにバッサリと切り捨てられ、残念そうな表情のリオくん。

一つ溜息を吐いて椅子に座った。

「ワタルって言うんだ？」

「あ！　僕はワタル。あの子はエレナちゃんで、こちらがカミラさんとアルトくん。この子がコテツで、こちらがフウちゃん！」

「ふむ」

僕の仲間を見渡して、リオくんは不思議そうにコテツとフウちゃんを眺めた。

「こちらは見たことない種族だな？」

「ワンワン！」

「⁉　なるほど。英雄なだけあるな」

コテツの言葉に納得したみたい。

「それにスライムか。また面白い魔物をテイムしているんだな」

「あれ？　テイムってよく分かったね」

「こう見えても研究者だからな。分析は得意なのさ。それで英雄殿に一つ頼みがあるんだが……なるほど。ワタルは英雄と言われたくないようだな？」

僕の顔色でそこまで判断できたみたい。

「僕というより仲間が強いからだよ。みんな大袈裟にしすぎなんだ」

「そういうことにしておこう。それでワタルに頼みがあるんだが」

「うん？」

「僕の研究を手伝ってはもらえないだろうか」

「研究か～。残念だけど、僕も向かわなくちゃいけない場所があるから、ずっとは厳しいかな」

「ずっととは言わない。できる範囲で構わないさ。僕が今開発している万能型ゴーレムと――戦ってみてほしい」

「万能型ゴーレム？」

「彼女がいじっている腕を使ったゴーレムさ。完成すれば、研究の大きな進歩が見込めるぜ」

「う～ん。よく分からないけど、それくらいならやれるかな」

リオくんはニヤリと笑みを浮かべた。


すぐに裏庭に案内された。

彼は実験場と呼んでいたけど、土だけしかないただの広大な土地だ。

脇には、ラボの数倍大きい倉庫のような建物もあった。

リオくんがリモコンのようなモノを操作した。すると倉庫のシャッターが開いた。

前世のロボットを操作するみたいで、すごくワクワクする。

「ワタル～！　中に何か見えるよ～！」

楽しそうに声を上げるエレナちゃんの言う通り、開いていくシャッターの隙間から両足が見え、やがて現れたのは二メートルくらいのロボットだった。

「これはゴーレムの一種で、登録したマスターの命令だけを聞くような設計になっているんだ。今は僕をマスターとして登録している」

「おお～！　フォルムもかっこいい！」

「なっ⁉　ワタル！　分かってくれるのか⁉　この素晴らしいフォルムは戦闘中のことをしっかり考えて、こういう形状にしているんだよ！　色も白にしたのは影でも存在をアピールするためで、動力源のメインには魔石を使っていて、さらに細かい魔石を随所に使うことで部分部分から砲撃が撃てるようにしてるんだよ！　さらに背中にも後ろを取られても大丈夫なように砲台を仕込んでいるんだぜ！　なんならそれ以外にも頭や胴体からも砲撃が可能になっているんだ！　これが完成すれば、ゆくゆくは一機で魔物の群れに対処したり、ダンジョンから魔石を採取したりと、様々なシチュエーションで活躍できるはずなんだ！　命令を忠実にこなして任務を遂行できるゴーレムが最終目標なのさ！　そのためにもフォルムはとても大事で、ゴーレム自身も自分のフォルムを理解して――」

ものすごい早口でゴーレムについて熱く語るリオくん。僕は目を点にして聞き続けた。

途中で何を言っているのか全く分からず、それってフォルムは関係ないのでは？　と思えることも多々あったけど、気にしたら負けな感じがするのでスルーすることにしよう。

隣で聞いていたエレナちゃんはリオくんの説明に途中で飽きてしまったようで、ゴーレムの下に向かい、まじまじと観察していた。

「ごほん。リオくん、そろそろ」

「おっと、これは失礼。つい夢中になって喋ってしまった。さあ、おいで！　ホワイトナイト！」

リオくんの号令でゴーレムの目の部分が赤く光り輝く。そして、ゆっくり一歩ずつ歩いて倉庫からリオくんのところまでやってきた。

その姿を見たエレナちゃんが目を輝かせて興奮している。

「こんな大きな銅像が動くなんてすごいよ～！」

エレナちゃんにはただの銅像に見えていたようだね。

「ワタル、ホワイトナイトはのろそうに見えるかもしれないが、戦闘モードになったらめちゃくちゃ速いから気をつけてほしい」

「分かった！　僕もスピードなら少し自信があるから大丈夫！」

「助かる！　では始めるぞ！」

「うん！」

「ホワイトナイト！　戦闘モード！　目の前のターゲットのワタルを捕獲して！」

リオくんの言葉に応えるかのように、ホワイトナイトの目が一回キラリと光った。

ホワイトナイトの両足の裏が開いて中から魔力が溢れ出る。そして魔法のようなモノが発生すると、少し空中に浮いたホワイトナイトがまっすぐ僕に向かって飛んできた。あの魔法のようなモノでホワイトナイトの機動力を底上げしているようだね。

その巨体からは想像できないくらい速くて、あっという間に僕のところにたどり着いた。

僕は【武器防具生成】で硬めの木剣を召喚して、ホワイトナイトを避けながら胴体を叩いた。

木剣が当たった感触から、ホワイトナイトは非常に硬く、ダメージも受けていないことが分かる。

魔物の場合はどこに当てても一定のダメージを与えられるはずで、それは魔物だけでなく人族も一緒だから、ゴーレムも同じだと思ったんだけど……となると、叩いた部分は本体ではなくて外装なのかもしれない。外装自体が盾や鎧《よろい》の役割をして、攻撃を受けても一切ダメージを負わない感じ。

大振りなパンチを繰り出すホワイトナイトの攻撃をすれすれで避けながら、その度に色んな部位を攻撃してみる。

二十回ほど同じ行動を繰り返した頃、ホワイトナイトの外装が剥《は》がれ落ちた。

「ス、ストップ～！」

慌てたリオくんの声によって、ホワイトナイトとの戦いは終わりを迎えた。

「……攻撃が単調。それを変えるにはどうしたらいいんだ」

外装が剥がれ落ちた部分を眺めながら、独り言をつぶやくリオくん。

研究者らしく、落ち込むことはなく悩み続ける姿勢はすごいと思う。

「リオくん」

「むっ⁉　失礼」

「どうだった？」

「う～ん。ホワイトナイトの攻撃は単調すぎるのかなという感想だな」

「うんうん。僕も同じ感想かな。ホワイトナイトはスピードは速いんだけど、攻撃が単調でとても避けやすかったよ」

「ふむ……実はな、あの攻撃に本来なら爆発を足すんだけど……」

ば、爆発⁉

「元々敵を殲滅《せんめつ》できるくらいの強さを目指して作ったゴーレムだからね。でも、今回の目的は殲滅や相手を倒すことではなく捕獲。細かい動きの制限がかかると難しいな」

「そうだね。このままだと難しいけど、簡単に直すとしたら――――」

と言いながら隣を見たら、リオくんが瞳を燃やしながら僕を食い入るように見つめていた。

「したら！　どうなんだい！　ぜひその考えを聞かせてほしい！」

グイグイ近づいてくる。

「むう！　ダメッ！」

するとエレナちゃんが間に入り、僕とリオくんを引き離した。

「な、何かね！　僕はワタルの考えを聞きたいんだ！」

「ワタルに近づきすぎっ！」

「わ、ワタル！　頼む！　アイディア代ならいくらでも支払う！　頼む～！」

「ダメ～ッ！」

しばらくリオくんとエレナちゃんの力ずくの攻防が続いたが、レベルが高いエレナちゃんの方が強い……と思ったけど、意外にもリオくんも負けていなかった。

「リオくんって意外と、レベルが高いんだね？」

「うむ！　欲しい素材を買えない時があるからな。自分でもよく採りに行ってるのさ。素材が買えるまで待つのは嫌いでな。魔石のためにダンジョンにも何度も潜っているぞ。ホワイトナイトもその過程で思いついたモノなんだ」

どちらかというと研究者って部屋に籠《こも》っているイメージがあったんだけど、リオくんはそういう意味ではアグレッシブだね。

ホワイトナイトを愛おしそうな目で見上げるリオくんは、研究者として本物というか、素晴らしいと思う。

「リオくん、僕が思ってたことなんだけどさ」

「おおお！　き、聞かせてくれ！」

「しっ！　しーっ！」

エレナちゃんが前を塞ぐと、勝てないと思ったのか、リオくんも距離は詰めてこない。

そんなエレナちゃんの頭を後ろから撫でると、ビクッとなって大人しくなった。

子猫みたいで可愛い。

そのままエレナちゃんの頭を撫でながら、思ったことを説明する。

「ホワイトナイトはどうやって動作を覚えるの？」

「どうやって……覚える？　それは……僕の声を認識して、それに伴った行動をするように組み込んで？」

「それって、リオくんに言われた通りにしか、動かないってことなんでしょう？」

「あ、ああ」

「そもそも言われた通りにしか動かないのに、難しいことをさせようとするのが違うんじゃない？」

「へ……？　い、いや、だって………？」

僕はホワイトナイトの大きな足に手をかけた。

「だってさ、ホワイトナイトにだって覚える力があるでしょう？　どうして教えないの？」

「教える……？　へ？」

「リオくんがただ横からこう動け、ああ動けって言っても、ホワイトナイトには分かりにくいんじゃないかな？　ホワイトナイトに乗って操作するなりして、こういう時はこういう風に動くんだよって教えたらいいと思う」

「ぬ、ぬあああああああああ！」

リオくんは急に両手で頭を抱えて、その場に崩れ落ちた。

「そ、そんな単純なことを……どうして今まで考えつかなかったんだああああああ！」

「ふふっ。リオくん、さっき殲滅するのは簡単だって言ったよね？」

「そうだな」

「だからじゃない？」

「え？」

「リオくんにとって、ホワイトナイトは便利な道具ではなくてさ、いわば兵器のような扱いで、今までは相手を殲滅することが目的だったから苦労してなかったんじゃない？　でも、今回は初めて捕獲を目的にした訳だから、全く上手くいかないんだと思う」

「…………」

見るからに落ち込むリオくん。

「僕は…………研究者として失格だ…………」

「リオくん？」

僕は床に座っているリオくんに右手を差し伸べた。

「――――君は一回失敗したくらいで終わりにするのかい？」

「えっ？」

「一回失敗したくらいでホワイトナイトを作った本当の意味を否定したら、ホワイトナイトが可哀《かわい》想《そう》だよ？」

「ッ！　ワタルの言う通りだ！　ここで挫《くじ》けてどうする！　ホワイトナイトは僕の最大の発明だ！　ホワイトナイト……すまない。僕はまだ大したことない研究者だけど、これからお前を世界最高の発明品にしてみせる！　もう一度力を貸してくれ！」

僕の手を握って起き上がった彼は、ホワイトナイトに触れた。すると、動くはずのないホワイトナイトが、少し微笑んだ気がした。

「なあ、ワタル」

「うん？」

「ワタルが僕の頼みを聞いてくれたおかげで、ホワイトナイトとの関係を見つめ直す機会ができた。だから僕もワタルの頼みを聞いてあげたい。何か困ったことはないかい？」

「う～ん。困ったことはないけど、実は魔道具になる素材？　を手に入れたから、それを使った魔道具を作りたいんだよね」

「ほお、ぜひ見せてくれ！」

「うん、これなんだ」

フウちゃんに頼んで、胃袋に収納してもらった皇鋼亀の心臓を取り出した。

「ぬあああああああ！　な、なんつうもんを持っているんだああああ君はああああああああ！」

リオくんはそう叫ぶと、正座して両手を上げながら皇鋼亀の心臓を崇め始めた。

「これを知っているの？」

「あ、当たり前だ！　魔道具のコアになる素材の中でも最上級であり、それを探すだけで一生が終わると言われている皇鋼亀の心臓だろう？　実物を見るのは初めてだが、見間違うはずがない!!」

一目見ただけで分かるってすごいね。それにしてもエヴァさんが言っていた通り、すごいモノなんだと改めて知ることができた。

コテツが拾ったモノがそんなにすごかったとは………。

足元を見ると、コテツが僕を見上げて嬉しそうに尻尾を振っていた。

「それで、どういうモノを作ってほしいんだ？」

「う～ん。特に考えてはなかったかな。むしろどういうモノが作れるか知りたいな」

「ふむ。これほどのコアが使えるなら……小型よりは、超大型魔道具の方がいいと思うぞ」

「超大型魔道具？」

「ああ。例えばこのホワイトナイトもだが、小型の魔導具を作るなら、一つの強力な魔石を使うよりも、少しグレードが落ちても各部位それぞれのコアに魔石を使った方が効率がいいんだよ。となると、最上級コアを使っても大した恩恵はないんだ。でも超大型魔道具の場合、動かすためには最上級コアが必要になる。それを考えたら、超大型魔道具に使うべきだろうな」

「う～ん。難しいね」

「まあ、ゆっくり考えてみるといい。今すぐ決めなくちゃならないことはないから」

「それもそうだね」

またフウちゃんに皇鋼亀の心臓を収納してもらい、僕が作りたい魔道具を考えながらリオくんと談笑したけど、結局思いつくことはなく、その日はシェーン街に帰った。

○

「ん～、超大型魔道具か～」

エレナちゃんの家で夕飯をごちそうになる。

いいタイミングだったのでエリアナさんにも相談してみた。

「なんでもいいんですけど、戦争とかには利用せず、みんなのためになるものがあったらいいな～なんて思ってるんですよね」

「みんなためになるもの？」

「はい。色々考えてはいるんですけど、どれもイマイチで………」

「ワタルくんって……自分が欲しいものより、みんなのためになるもの優先なのね。ふふっ。ワタルくんが考えている色々って、例えばどういうものがあるの？」

僕が考える超大型魔道具となると………。

「街の真ん中で周囲を照らす光る塔とか～」

「光る塔!?」

灯台的なものを想像している。

「はい。それなら夜道も危なくないと思って」

「う～ん。でも魔族の大半は割と夜目が利くから危なくないわよ？」

「うっ！　やっぱりそうなんですね……」

僕は人族だから夜目《よめ》が利きにくいけど、魔族は違うんだよね……。

むしろ、中には夜の方が動きやすいと感じる魔族もいるはずだ。

「私としては、できれば『ぽよんぽよんリラックス』を中心に考えてほしいかな～」

「『ぽよんぽよんリラックス』ですか？」

「ええ。ワタルくんはまだ実感がないと思うけどね、実は『ぽよんぽよんリラックス』って、国中で有名になっているのよ」

「国中で⁉」

驚く僕を見たエリアナさんは、「やっぱりね」と一つ小さく溜息を吐いた。

「最近では鬼人族の口コミでものすごく広まっているのよ？　それこそ王都からシェーン街を訪れる旅客も増えていて、彼らは『ぽよんぽよんリラックス』を体験したくて、シェーン街まで来ているの。ベン街にも支店ができたけど、まだ規模は小さいからね」

知らない間にそんな大事《おおごと》になっていたなんて……。

お客様が増えれば増えるほどトラブルも増えるはずなのに、なんの連絡も来ないってことは、目まぐるしく変わる状況でもセレナさんが臨機応変に対応しているんだと思う。

セレナさんだからこそそれが可能で、僕はなんの心配もしなくて大丈夫そうだ。

「しかしね。彼らが口を揃えて言うのは、シェーン街まで遠すぎることで、悲しんでいたのよ。その中には足が不自由で動けない魔族も多くいるみたいよ」

「えっ⁉　そういう魔族までいるんですね……」

「ええ。前回の戦争で大怪我を負ってしまって、少し身体が不自由になった人や、お年寄りもいるからね」

「そうか………」

少し考えれば、戦争で被害を受けた魔族がいるって容易に想像できる。お年寄りだってそうだ。そんな彼らにも『ぽよんぽよんリラックス』を体験してもらいたい。でも遠すぎるから、それがなかなか叶わない……か。

全ての街に支店を出したいけど、土地探し、店長と従業員探しだってしなきゃいけないし、また遠く離れてしまうスライムたちが増えるから……。

そういうことじゃなくて、もっといい解決方法はないのかな？

その時、隣のエレナちゃんがボソッとつぶやいた。

「ボードみたいに、みんなで乗れるものがあったら簡単に来られるのにね～」

え……？　みんなで乗れるもの……？

ふと思い出したのは、前世の車だ。みんなで乗れるなら……バス？　船？　飛行機？

「エレナちゃん！　それだ！」

「えっ？」

「全ての街に支店を出すのは大変だよね！　なら――――みんなを運べる手立てを作ればいいんだ！　この皇鋼亀の心臓で!!」

目を丸くするエレナちゃんとエリアナさんだけど、僕はもう作りたいもののイメージが頭の中に出来上がった。

次の日。

早く話し合いたくて朝一でグライン街に飛んで、まっすぐにリオくんのところにやってきた。

「リオくん！」

「おはよう～。そんなに慌ててどうしたんだい？」

「作ってもらいたい魔道具を思いついたんだ！　必要な経費は僕の貯金からいくらでも払うから、ぜひ作ってほしいんだ！」

「もちろん、そういう約束だからな。ただ、僕が作りたいと思うような面白い魔道具を提案してくれると嬉しいかな」

少しいたずらっぽく笑うリオくんに、僕も自信に満ちた笑みで応える。

だって、僕が考えている魔道具にリオくんが反応しないはずはないと思うから。

ラボの中に入り、リオくんが持ってきてくれた真っ白い紙と黒いペンで考えている魔道具の絵を描く。

隣で面白そうに覗き込んでいるエレナちゃんも、ここをああしてとかこうしてとかアドバイスをくれて、思い描いている魔道具の絵を仕上げていく。

「できた！」

リオくんが飲んでいた紅茶のカップを置いて、僕が描いた絵を覗き込む。

「⁉」

そして驚いた表情を浮かべた。

ふっふっ……！　君のワクワクにも火をつける素晴らしいものだと思うよ！

「わ、ワタル…………これって‼」

「うん！」

「こ、これは！　――――めちゃくちゃ絵下手だな」

リオくんの言葉に合わせて、エレナちゃんが笑い転げる。

えええええ⁉　そ、そんなに下手かな……？

「はぁ、貸してみな」

僕からペンを受け取ったリオくんは、僕が描いた絵をもとに新しい紙にどんどんペンを走らせていく。

すらすら描きながら何かをつぶやいたりするが、迷うことなく描いていき、完成した絵は――――

「すごい～！　大きな船だ～！」

「ふふっ。こんな感じでよかったかい？」

「うん！　リオくんって絵が上手いんだね！」

「研究するには対象を正確に描く必要があるからね。イメージと寸分違《たが》わずに描くのも研究をスムーズに進めるコツの一つなのさ」

研究のために絵の練習までするリオくんを想像して、その情熱に感心する。

僕にも……リオくんのように打ち込めるものってあるかな？

「それはそうと、これはなんだい？　ワタル」

描いた絵を見ながら、不思議そうな表情を浮かべるリオくん。

「ただの船に見えるけど、この上部についているものが不思議だな」

「うんうん。これは魔道具になってて、ここから下部に風魔法を吹きかければ、そのまま――」

「⁉」

僕の次の言葉が想像できたようで、リオくんは目を大きく見開いた。そして――

「「空を飛ぶ！」」

リオくんと僕の声が被った。

「ダメッ！　ワタルに近づきすぎないで！」

なぜかエレナちゃんが僕たちの間に入って、リオくんを威嚇《いかく》し始めた。

僕に彼女の背中がくっついて優しい匂いがする。

「まったく……猫女は野蛮《やばん》だな。まぁそれはいい。まさかこんなすごいものを思いつくなんてな。ただそれを作るにはまだまだ問題がたくさんあるはずだ」

「どう？　できそう？」

「…………ふふっ。ワタル、僕を誰だと思っているんだい？　グライン街で研究者として最も名高いリオだぜ!!」

と、ドヤ顔するリオくんだったが、その時、玄関口が勢いよく開いて一人の女の子が入ってきた。

「何が名高いリオよ～！」

「なっ!?　シ、シアラ!?　な、何しに来た！」

「何しに、じゃないわよ！　ちゃんとご飯は食べてるの？」

「た、食べてるよ！」

「リオのご飯はどうせまたパスタでしょう!?」

「ど、どうしてそれを!?」

入って早々リオくんと口喧嘩をする女の子は、どうやらシアラちゃんというみたいだ。

僕たちやリオくんと同年代くらいで、リオくんと同じく垂れた犬耳がついているから、犬耳族みたいだ。

そんな二人を、エレナちゃんがニヤけながら見守っている。

しばらくリオくんにがみがみ言っていた彼女の視線が、僕とエレナちゃんに向いた。

「ん？　誰よ、この人たち。あれ？　人族!?」

「あはは……初めまして。ワタルっていいます」

「なあああ!?　そ、そ、それは！　エヴァ様の友人の証！　もしかして英雄様!?」

「英雄ではないんですけど………リオくんにお願いがあってここにいるんです」

彼女はリオくんと僕を交互に見つめる。

そんな彼女に小さく溜息を吐いたリオくんは、昨日からの経緯を説明した。


「へぇー。さすがは英雄様だね。あのホワイトナイトに勝てるなんて」

リオくんから事情を聞いたシアラちゃんは姿勢を正してこちらを向いた。

「ごほん。私はシアラといいます！　リオとは幼馴染で昔から世話しています！」

リオくんが大きな溜息を吐いた。普段の二人の関係性がよく分かる。

「私はエレナだよ～」

ゆるく返すエレナちゃんに続き、僕も小さく会釈して応えた。

「それにしても、この絵がワタルくんの考えた魔道具って訳？」

「そうさ。ワタルが考えたこの船は素晴らしい！　そもそも今までこういったものを考えた者はいなかった。いや、いるにはいたはずだが、肝心の動力源が存在せずに諦めた研究者も多いだろう。大勢の人を乗せて運ぶ移動手段は、昔から多くの研究者が夢見たものだからな」

前世で言うなら、グライン街は科学の街と言っても過言ではない。日々色んな種類の魔道具が開発されている。

僕たちがグライン街に着いた時に乗ったボードもその一種だろう。

大勢の人を乗せて移動する手段。やがてそれは人だけでなく、物資までも運ぶようになるはずだ。

今の魔族は魔物をテイムして荷物や人を運ばせるのが主流だが、大量運搬には向かない。だからこそ、大勢の人を乗せて移動する手段は、研究者たちが成し遂げたいことの一つなんだろうね。

「リオくん。この研究のためならいくらでも援助するよ。銀行には話しておくから遠慮なく使ってくれていいからね？」

「ふむ。一つ聞いておきたいんだけど、資材を用意する以外に人を雇ってもいいのか？」

「もちろんだよ。リオくん一人だと大変だと思うから、雇える人がいるならぜひ雇ってほしい。金額もリオくんに全部任せるよ。僕が口出しすると真価を測り間違えるかもしれないからね」

「分かった。この船は必ず完成させるから楽しみにしててよ」

「うん！　よろしく！」

リオくんとお互いの右手を出して握手を交わす。

握ったリオくんの手からは、強い情熱が伝わってくるようだった。

「では僕は早速――」

「待って！」

「ど、どうしたんだい！」

「リオくん？　大事なこと、忘れてない？」

「大事なこと？」

なんというか、リオくんって、一つのことにものすごい熱量があるけど、その代わりに周りが見えなくなるみたいだ。

「リオくんが船を作ってくれるのはすごく嬉しい。でも、一番大事なのはそこではなくて、先にあの子をなんとかすることだよ？」

僕が指差した場所に視線を移したリオくんが不思議そうにしている。

「ホワイトナイトがどうかしたのかい？」

「リオくん。一番の目標は船を作ることよりも、ホワイトナイトを育てることでしょう？」

「育てる？」

「ホワイトナイトに色んなことをやってもらいたいんでしょう？　それなら常に隣でリオくんの行動を見せるべきだと思うんだ」

「!?」

「今のホワイトナイトだと大きすぎるから、小さくして一緒に動けるようにしたらいいんじゃないかな？」

「それはいい案だ！　いいものが思い浮かんだよ！　ありがとう、ワタル」

室内に積まれた素材の中から材料をいくつか取り出して、テーブルの上で作業に取り掛かるリオくん。

その姿を愛おしそうに見つめるシアラちゃんを残して、僕とエレナちゃんはラボを後にした。

あとはグライン街の銀行で事情を説明して、リオくんが僕の貯金を引き出せるようにした。

空を飛ぶ船――飛空艇を作るための資材費や人件費、それらに制限をつけずに応援する。

それからはグライン街を散歩して、エレナちゃんからまたボードに乗りたいと言われたので、それを楽しんでから、みんなで鬼人族の里を目指した。

第8話

鬼人族の里に着いて王様のバベルさんへの謁見をお願いしたら、すぐに案内された。

「久しぶりだな。ワタル殿」

「お久しぶりです。バベルさん」

「うむ。今日は何か頼みがあると？」

「はい！　実はある方から頼まれまして、王城の下にあるというダンジョンに入らせていただきたいんです」

「ダンジョン……？　残念ながらこの地にダンジョンは存在しないが、はてさて？」

「あれ？　ダンジョンってないんですか？」

「あることはある。だがそれはこの里からしばらく東に向かった場所だ。修練のダンジョンというが、そこは里から随分と離れているのだ」

バベルさんが話していることは本当だろう。ただ、城の下にダンジョンの入口があると言ったのはほかでもないガイア様だ。ということから予想するに、ここは隠されたダンジョンなのかもしれない。

「ある方から、この城の宝物庫からダンジョンに入れると聞いています。もしよろしければ、立ち入る許可を出してくださると嬉しいです」

「ふむ。それなら俺も共に行こう」

「ありがとうございます！」

急なお願いを聞いてくれたバベルさんからは、僕に対する深い信頼感が伝わってくる。


バベルさんと、近衛兵長になったバベルさんの弟さんと共に宝物庫にやってきた。

中には数々の宝物が棚に整理整頓されて並んでいる。

少しだけ時間が止まった部屋の香りがした。

「さて、この部屋が宝物庫だが、ここからダンジョンに入れるのか？」

「う〜ん。入口があるらしいので、少し確認させていただきますね」

「ああ」

エレナちゃん、アルトくん、カミラさんも床や壁を細かく調べ始める。

数分探したが、ダンジョンへの入口は見つからない。

「う～ん。確かここにあるって言ってたんだけどな……」

「一体誰から言われたんだい？」

独り言を聞かれたようで、バベルさんが疑問を口にした。

「えっと、ガイア様です」

「『ガイア様⁉』」

その時。僕の身体から緑色の淡い光が灯り、部屋の一番奥の壁とその光が繋がった。

「ワタル⁉」

「大丈夫。何かと呼応しているみたい」

壁に向かって歩いていき、恐る恐る触れてみる。

すると、驚くくらいあっさり壁が開いた。なんの仕掛けもなさそうだったのに。

「ひ、開いた⁉」

「壁の裏にこんな部屋が⁉」

「おそらくガイア様が言っていたダンジョンだと思います」

「目を疑うが、ワタル殿だからこそ信じられるな。了解した。ここはワタル殿に任せるとしよう。ガイア様からこのダンジョンのことで何かの神託を受けているのだろう？」

バベルさんは全てを察したようで、納得したように頷いている。

あれは神託になるのかな？　ガイア様は、城のダンジョンの最深部でスキル【聖地】を使ってほしいと言ってたよね。

「ワタル殿、決して無理はせずにな。我々はワタル殿を最大限に援助していくゆえ、いつでも困ったことがあれば言ってくれ。宝物庫への出入りは自由にして構わないぞ」

「ありがとうございます。無理はせずに頑張ってきますね」

そして僕たちはバベルさんたちに見送られながらダンジョンに入った。

○

『ワタルくん？　ここおかしいわよ。気をつけた方がいいわ』

入ってすぐにカミラさんが忠告してくれる。

「どうかしたんですか？」

以前入った洞窟のような場所ではなく、古いお城の廊下に近く、床や壁から禍々しい黒点が浮かんでは消えている。見ているだけで、ここが普通のダンジョンではないことは理解できる。

『匂いが全くしないわ。しないというよりも、匂いを感じさせなくしている感じ』

「見るからに禍々しいですもんね」

『それもそうね。ワタルくん、一つ聞いていいかしら？』

「はい」

『多分このダンジョンは普通のダンジョンではないわ。きっと――命の危険もあると思う。それでも進む？』

カミラさんの心配は心からのもので、僕を心配しているのが伝わってくる。

「はい。ガイア様の頼みでもありますから。それに――それがなくても、なぜかここを攻略しないといけないと思うんです」

『…………分かったわ』

「ワン！」

『…………そうね。コテツ殿もいることだしね。ではもしもの時は、コテツ殿にそのまま敵を引きつけてもらうわよ』

「わふっ！」

『ええ、とても頼もしいわ』

コテツが先頭に立ってくれるみたいだ。

こういう時のコテツはとても頼りになるし、万一の時は【ペット召喚】で逃すことができるのも大きい。

「でも危険っぽいので、一旦引き返してエレナちゃんは帰しましょう」

「え～!?　やだよ！」

「エレナちゃん……ここは危ないから――」

「私がいなくてもワタルは中に入るんでしょう？　ワタルだって危ないよ！　私も一緒に入るの！」

頑固モードになったエレナちゃんは、僕の腕を両手で握りしめてじっと見つめてきた。

危険な場所にエレナちゃんを連れていく訳にはいかないんだけどな………。

『ワタル、もし危なくなったら僕が全力でエレナちゃんを連れて逃げるぞ！』

「アルトくん？」

『だから一緒に行くといい。仲間外れはよくないのだ』

アルトくんが言いたいことも分かるけど………梃子《てこ》でも動かなそうなエレナちゃんとアルトくんの意見もあって、引き返さずに入ってみることにした。

「エレナちゃんは基本的にアルトくんの上にいてね。絶対に飛び出したりしないって約束できる？」

「うん！　約束するよ！　でも弓は撃つね？」

弓を構えて戦闘態勢を取るエレナちゃん。尻尾がぴーっと立って警戒モードのようだ。

ゆっくりと一本道を進みながら壁の禍々しい黒点に触れてみても、なんの感触もなかった。ただ少しだけひんやりとした空気を感じる。

暗くてどれくらい進んだのか分からないけど、突然、前方から強い気配を感じた。

「みんな。敵みたいだから気を引き締めて！」

前方の暗闇から大きな――――足が現れる。

「エレナちゃん！」

「あいっ！」

敵が姿を見せる前に矢を放ってもらう。

足の位置から想定される頭部がありそうな場所に矢が消えると、刺突音がして咆哮が聞こえた。

「グルァアアアアアア!!」

「ワン！」

真っ先に向かうコテツ。急いで勇者モードにするとコテツは眩しい光を放ち、そのおかげで照らされた相手の姿がしっかり見えた。

三メートルくらいの高さで、四本足で立ちはだかる魔物は巨大トカゲを思わせる。頭部からは大きな鋭い角が左右に伸びており、身体は全長七メートルくらいはありそうだ。

コテツが巨大トカゲのところに着く前に、その口から黒い炎が溢れた。

『ブレス攻撃来るわよ！』

「はい！」

黒い炎が吐き出され、通路の半分を埋める。

アルトくんとカミラさんは壁に沿って走っていく。僕もそれを真似て走る。

コテツの攻撃が始まり、トカゲも迎撃して戦いが始まった。

今までこんなにタフな魔物には遭遇したことがない。そして、何より――素早い。見た目の巨大さからは信じられないくらい速く、コテツの動きにも追いついている。

コテツが口に咥えている聖剣とトカゲの爪が何度もぶつかり合う。

その合間を縫って的確に矢を撃つエレナちゃんが頼もしい。

「カミラさん！」

『任せて！』

コテツが注意を引いている間に、カミラさんの背中に乗ってトカゲの右側を通り抜ける。

通り抜けるとカミラさんの背中から跳び降りて、トカゲの尻尾を叢雲で斬りつけた。

痛みを感じてトカゲは尻尾を乱雑に振り回す。

トカゲの注意が一瞬こっちに向いた隙に、コテツとアルトくん、エレナちゃんは頭部を攻撃する。

そして、また注意が前方に変わった時に僕とカミラさんが攻撃を始めた。

連携をしながら数分にわたる戦いで、遂にトカゲが倒れ込む。亡骸《なきがら》から魔力の残滓《ざんし》のようなモノが浮かび上がり、煙のように消えていった。

「ふぅ………今まで戦った魔物の中で一番強かったかもしれませんね。この前のミノタウロスより強いんじゃないですか？」

『間違いなく一番強かったわよ。コテツ殿がいなかったらすぐに逃げていたくらいだわ』

カミラさんの言う通り、誰かが前方で注意を引いてくれないと、攻撃すらまともにできなかったと思う。素早い動きで重要なポジションを引き受けてくれたコテツのおかげだ。

エレナちゃんと一緒にコテツの頭をわしゃわしゃ撫でていると、ダンジョンの奥から地を揺らすような音が聞こえた。

『これは逃げた方がいいわね』

「そうですね」

二体目の巨大トカゲがやってくる前に、その場から逃げ去った。


僕たちを逃がすために、二体目の注意を引いてくれていたコテツを【ペット召喚】で戻すと、まだ戦い足りなさそうな顔で興奮気味に僕に抱きついてきた。

ひとまず、みんなが無事なことを喜びながら現状を確認する。

「怪我人はいないですね？」

僕の声に合わせてみんなが怪我をしていないアピールをする。

そんな中、エレナちゃんが手を挙げた。

「エレナちゃん、どこか痛い!?」

「違うの！　怪我じゃなくて――――レベルアップがすごかった！」

「すごかった？」

そういえば巨大トカゲを倒した時、経験値を獲得して、レベルアップのアナウンスが聞こえていた。

ここに来た時はまだ65だったレベルが、巨大トカゲ一体を倒しただけで一気に70まで上昇している。

レベルが上がるまでに必要な経験値が軽減される【経験値軽減特大】のスキルの効果を加味しても、巨大トカゲを倒して得られた経験値が多いことが分かる。

「どれくらい上がったの？」

「えっとね～、元々14だったんだけど、17まで上がったよ！」

僕はスキルのおかげでレベルが上がりやすいけど、異世界の人たちにとって、一度にレベルがいくつも上がるのはすごいことのはずだ。

「おめでとう！　一気にたくさん上がったね！」

『それを言うなら私も一つ上がったわね。あの一体でとんでもない量の経験値を得られたわ。おそらく世界最高水準だと思う』

「そんなにですか？」

『ええ。まさか魔族の領内にここまですごいダンジョンがあるとはね……』

「えっと………」

僕が困った表情を浮かべると、カミラさんはふふっと笑った。

『分かっているわよ。ここはガイア様が示した場所だからね。他言するつもりはないし、ワタルくんの許可もなく情報は言わないわよ。ねえ？　アルト』

『姉上様の仰る通りだぞ！　そもそもこの旅に出る時も、コテツ殿から言われていたからな』

「えっ？　コテツから？」

視線を足元に落とすと、ドヤ顔して見上げるコテツがいた。

『だから情報漏洩《ろうえい》は心配しないで』

「ありがとうございます！　それはそうと、今からここを攻略していきたいんですけど、カミラさんはどう思いますか？」

『このままではあまりおすすめしないわ。いくらワタルくんに転移スキルがあったとしても、なんらかの事情で味方を置き去りにせざるを得なくなる可能性があるもの。それならいっそのこと——みんなで攻略したらどうかしら？』

「みんなで？」

『ええ。こんなにたくさん経験値を得られるなら、シェーン街のみんなにも来てもらったらいいわよ。聖女とかもワタルくんと飛べば来られるからね。彼女は人族だけど、外の鬼人族の里に下りなければ問題ないし』

「なるほど……！　それはいいですね。では一度皆さんにも相談してみましょう」

早速方針が決まったので、一度シェーン街に戻った。

すぐに城に向かい、エヴァさんに事情を説明する。

最初はポカーンとしていたエヴァさんだったけど、僕や興奮気味のエレナちゃんの説明に次第に笑みを浮かべていた。

「鬼人族の里にそんな場所が……」

「エヴァお姉ちゃん！　一気にレベルが3も上がったよ～」

「いくらレベルが低いエレナちゃんでも、多人数の戦いでそれはすごいわね。カミラちゃんが世界最高水準と言うのも納得だわ。ガイア様の言葉も気になるし、私も参加させてちょうだい！」

「ありがとうございます！」

「ううん。こちらこそだよ。そんな場所で修行させてもらえる私こそありがとうだわ。ひとまず参加者を募って、鬼人族の里に向かう時間も必要だから、三日後でもいいかしら？」

「はい。そうしましょう」

「それじゃ、ワタルくんのスキルで一緒に飛べるのは五人までだから、私とステラちゃん、ジェシカちゃんの三人は入れてほしいわ。他にエレナちゃんを入れたらあと一人だね」

「あ～！　残り一人は一緒に行きたい人がいます！」

僕が思い出したように手を挙げると、エヴァさんは意中の人が分かったようで、笑みを浮かべて「ぜひ彼女にもよろしくね」と言ってくれた。

○

三日後。

僕の家の前にエヴァさん、ステラさん、ジェシカさん、エレナちゃん、そして――――セレナさんがやってきた。

セレナさんは今でこそ『ぽよんぽよんリラックス』で頑張ってくれているけど、元々は猫耳族の商人として各地を回っていたくらい、一人で旅ができるほどの実力の持ち主だ。

本人曰く、戦いはあまり好きではないそうで、店長のお仕事はとても楽しいと言っていた。

みんなと挨拶を交わして、早速鬼人族の里に飛んだ。

宝物庫に置かれていた宝物は全てなくなっていた。これは僕たちが自由に出入りできるようにってバベルさんが気を遣って、宝物を別の場所に移したからだ。

そしてこのダンジョンは大規模な攻略になると伝えると、宝物庫を休憩室として改造してくれた。

今回手を挙げたメンバーでパーティーを組む。僕はリーダーに向いていないので、全てをエヴァさんにお願いすることに。

司令塔としてエヴァさん。突撃組の隊長としてエルラウフさん。メンバーは僕、コテツ、ゲラルドさん、ベンジャミンさん。援護組には、隊長としてカミラさん。メンバーはアルトくん、リアムさん、グレースさん、エレナちゃん、セレナさん。支援組は司令塔のエヴァさんと共に補助してくれるステラさん、ジェシカさん。

総勢十四人による攻略が始まる。


ダンジョンに入った途端、前回と変わらない重苦しい空気がのしかかった。

エルラウフさんが言う。

「聞いてはいたが、なかなかの雰囲気じゃな」

「動きは制限されませんけど、何があるか分からないので気をつけていきましょう！」

「そうね。みんな油断せずに……と言っても、この雰囲気で油断する人はいないわね」

エヴァさんの指示に従いながら、コテツが先頭に立ちゆっくりと進む。

そして前回は気づかなかったけど、今回は気づいたことがある。

以前、ベン街の近くにあったダンジョンに入った時に便利だった【レーダー】が機能していない。

【レーダー】の画面は真っ黒で、味方の居場所が映っているだけ。

ある程度は味方の位置を把握できそうだが、これだと道を読むことはできないかな。

前回巨大トカゲと戦った場所のあたりを確認しても、敵影はない。

一応、ダンジョンでは何が起きるか分からないので、後方にもしっかり気を配りながら先を進んでいくと、威圧感と共に地鳴りが響いてきた。

「ワン！」

コテツが元気よく吠えると、みんなが「了解！」と言う。

……なんとなくコテツは「敵！」と言った気がする。

暗闇から姿を見せたのは、前回も戦った巨大トカゲ。

「コテツくんは注意を引いて！　エルとベンさんは前方の足！　他のメンバーは後ろに回って！

援護組はひとまず様子見！」

エヴァさんが号令をかける。

エルラウフさんとベンジャミンさんの斧による豪快な一撃から戦いが始まった。

トカゲはそれぞれの部位を動かす速度が非常に速い。二人の攻撃を受けてすぐに前足を素早くなぎ払うと、エルラウフさんが吹き飛ばされる。だが、直前に斧でトカゲの攻撃は防いでいた。

「思っていたより速いわい。攻撃もまあまあ重いから気をつけるのじゃ！」

あの攻撃を受けて無傷だなんて……エルラウフさんの強さがよく分かるね。

「前方が空いたわね！　撃てー！」

援護組からの矢がいくつも飛んで、トカゲの鱗《うろこ》の隙間に刺さる。そこにカミラさん率いる白狐一家の雷攻撃が一斉に放たれると、トカゲが大きな咆哮を上げて痛みで暴れ始めた。

鱗は硬いけど、その隙間からなら攻撃がダイレクトに届くんだ……！

雷が止まったタイミングで、僕は全力でトカゲの尻尾の根元を斬りつける。

痛さで僕の方に視線を向ける。その瞬間に前方のコテツが首元を攻撃してまた注意を引く。

何度も連携攻撃を繰り返し、各々が攻撃を続け、トカゲはようやくその場に倒れて消え去った。

それと同時に、通路の奥から別の巨大トカゲの気配がした。

「ここからが本番よ！　全員気を抜かないように！」

エヴァさんの声が響き渡った。

今日はメンバーの連携を試すためにもみんなが全力で戦う。

戦い続けて巨大トカゲを十体倒したところで、ダンジョンから外に出た。


ダンジョンから出ると、すぐに会議が開かれた。

宝物庫で休めるようにと、バベルさんが用意してくれたソファーに座り込むと、コテツが膝の上に乗ってきた。

「では私から気になったことを伝えるね」

エヴァさんが各々のよかった部分、これから注意するべき部分、意識するとよくなりそうな部分を的確に指摘していった。

ただ戦闘の指揮を執るだけでなく、これからのことも考えてくれたみたい。それこそが多くの魔族に慕われ、魔王として確たる地位に君臨する一番大きな理由なのかもしれないな。

エヴァさんの説明が終わったタイミングで、セレナさんが手を挙げる。

「少しよろしいでしょうか」

「セレナちゃん、どうぞ」

「二つ気になることがあるのですが――巨大トカゲの数についてです」

「うん。実は私も気になっていたところだわ」

僕たちの安定感からすれば一体なら大した問題ではないけど、緊張したまま十体も倒したため、みんな疲労の色が見えていた。

「あれだけ強い魔物が十体もいるダンジョンは聞いたことがありません。イレギュラーなタイプのダンジョンだと思います。想像するに、魔物の数は――三十体くらいじゃないかなと思います」

「セレナちゃんもそう思うのね。私もあのダンジョンは通常ダンジョンよりも狭そうな雰囲気があるから、三十体がギリギリかなと思うんだけど、どうかしら？」

「はい。通路の形状からまだ奥がある可能性もありますが、見える範囲で考えるとそう思います」

エレナちゃんとお菓子を頬張りながら、二人の知識に関心してやり取りを見守る。

「それともう一つ気になっているのは――魔物の復活の件です」

「復活？」

思わず口に出してしまって、僕に視線が集まった。

「そういえば、ダンジョンの魔物って時間経過で復活するんでしたよね？」

「そうね。魔物が復活しないと魔石も採れないもの」

通常ダンジョンでは定期的に魔物が復活して、一定の確率で魔石がドロップするもんな。

エヴァさんが視線を移すと、セレナさんは話を続けた。

「今日、あれだけ長時間魔物と戦ったのに、不思議と帰り道では全然遭遇しませんでした。そこで私の仮説としては、ここでは復活までの時間が異様に長い――もしくは普通の魔物ではない、ということです」

「普通の魔物ではない？　どういうことですか？　セレナさん」

普通の魔物ではないという言葉にどうしてか引っかかりを覚えてしまう。

「はい。もしかして、このダンジョンの魔物は――復活しないのではないか、という仮説です」

「!?」

僕だけでなく聞いていた全員が驚いた。

「あくまで仮説なので明日確認してみましょう。あれだけ強い魔物が出るってことは、全部がフロアボスと同等と考えてもいいかなと思います。むしろ、復活しないことを祈りたいくらいです。このまま奥に進んで、もしフロアボスがいれば、どれだけ強いか怖くなります」

「そうね。セレナちゃんの言う通りかもしれないわ。その件も念頭に置いておきましょう。ただし戦闘中に復活するかも、ということは常に意識していてね。ダンジョンは本当に危険な場所だから」

会議が終わり、エヴァさんたちとの初めての戦闘は終わりを迎えた。

エヴァさんたち五人を連れてシェーン街に戻るが、エルラウフさんやゲラルドさんたちは、このまま鬼人族の里に泊まってもらうことになる。ベンジャミンさんは、せっかく鬼人族の里を出たのに、また戻ってきてしまったと苦笑いをしていた。

鬼人族の里に残る組は、城でお世話になることになっている。

バベルさんは攻略を全力で支持してくれるというからありがたい。

僕もいつか恩返しができたらなと思いながら、帰ってきてすぐにエリアナさんの美味しい夕飯をご馳走になって、そのまま屋敷に戻り、泥のように眠った。

次の日からまた鬼人族の里のダンジョン攻略が続いた。

二日目も順調に十体の巨大トカゲを倒し、三日目も同様に戦闘を終えた。

この三日間で分かったことは、セレナさんの予想通り、トカゲは一度倒すと復活しないらしいということだ。三日間、ダンジョンの隅々まで探索した結果、トカゲはずいぶんと少なくなった。

最初に戦ったトカゲは入口に入って割とすぐ遭遇したけど、この三日間で魔物と出くわすのはどんどん奥の方になっていった。

最後と思われる三十体目のトカゲを倒したけど、ダンジョン内にボス部屋はなかった。

魔物がいなくなったダンジョンを歩き回ったけど何もなく、このまま悩むよりは一度帰還しようということになり、今日は城に用意された部屋に帰還することになった。

エレナちゃんが部屋に入ったみんなに休憩の紅茶を配った直後、地面が少し揺れ始めた。

揺れの大きさはそれほどではなく、前世で地震をたくさん体験している僕は懐かしさすら覚えてしまった。

「この揺れ……偶然かしら？」

「いえ。必然と見るべきでしょう」

「ジェシカちゃんがそこまで言い切るなんて珍しいわね？」

「はい。その理由は単純で、鬼人族の里で地の揺れを感じたのは、生まれて初めてでございます。ということは、これにはなんらかの意味があると見るべきでしょう」

鬼人族の里に長年住んでいたジェシカさんがそう言うなら間違いないね。

一緒に聞いていたベンジャミンさんも小さく頷いていた。

「となると、意味があるとすれば、巨大トカゲを全部討伐したことだけですよね？」

「そうね。もしかしたら――――扉が現れた可能性があるわね」

「いよいよボスですか？」

「そうね。楽しみでありながら不安もあるわね。ボス部屋が出現したかもしれないから、今日と明日で英気を養うわよ」

スライムたちにお願いして、みんなマッサージをしてもらい、疲労回復に努めた。

シェーン街に戻ると、エリアナさんは腕によりをかけて美味しい夕飯を作ってくれた。

「ゲラルドさんが食べられないのを残念がってましたよ」

「ふふっ。たまには離れて私の料理の味を思い出させてあげないとね～」

意外とエリアナさんは策士なのかも……？　胃袋をつかんだらなんとやら………。

「セレナさん、『ぽよんぽよんリラックス』の様子はどうですか？」

「とても順調で、店長を任せている者たちがしっかりと運営してくれています。それに従業員一同、常に力を合わせて働いていますから」

セレナさんから少しずつ負担がなくなっているようで本当によかった。いつもセレナさんにばかり重荷を背負わせてしまって申し訳ないと思っていたから。

夕飯を食べ終えて屋敷に戻ると、庭にまた新顔のスライムたちが大勢いた。これにもすっかり慣れたので次々とテイムしていく。帰ってくるといつも増えてるからね。

それにしても、最近増える勢いがますます加速しているようで、スライムたちは二百匹になっていた。

きっと離れているスライムたちが恋しいからだと思う。数が増えれば彼らのところにも行くことになるからね。

ワクワクした表情で窓から僕の部屋を覗き込んでいたので、スライムたちと一緒に眠ることにした。

この時、一匹のスライムが僕をじーっと眺めていたのを、僕は知る由もなかった。

第9話

次の日。

今日はダンジョン探索はお休みだ。

特に何かをする予定はないけど、気になることがあった。昨日テイムしたスライムたち四十四が異様に人懐っこくて、今までのスライムたちとは少し違う感じがするのだ。

それに触り心地も少し変わっている気がする。

今までのスライムが柔らかい水風船のようにフワフワしていたのに対して、新しいスライムたちは弾力性のある触り心地で柔らかいボールに近いイメージだ。

それに昨日は夜だったから気づかなかったけど、お日様の下で見たら、明らかに色も変わっている。

フウちゃんたちが水色というなら、新しいスライムたちは青色だ。海の色に近い濃い青色。

「ワタル～？」

「エレナちゃん。いらっしゃい」

「今日はスライムたちと遊ぶの？」

僕がおいでと手まねきすると、満面の笑顔で屋敷に入ってきた。今でもみんなは許可なく屋敷の中には入ってこない。

唯一違うのはエヴァさんとステラさんとセレナさんだけ。彼女たちは仕事の件もあり、僕の屋敷を会議室の代わりにしてもいいと話している。ちょっとした隠れ家的な会議室として、たまにここを使っているそうだ。

「それがね。今回増えたこの子たちが今までと少し違うんだ」

「ほえ～、あ～！　本当だ！　すごく青い！」

「うんうん。フウちゃんと並べると――――やっぱり違うよね。触り心地も性格も違うんだ」

水色スライムたちよりも人懐っこい性格をしている。

「それに今までの子たちより、なんだか弾力性があるんだ」

エレナちゃんも手を伸ばして青色スライム一匹をぷにぷにと押した。

スライムは気持ちよさそうに笑顔になった。

「そうだね～。弾かれちゃうよ～。『ぽよんぽよんリラックス』はどうなるんだろう～？」

「それもそうだね。この子たちも働きたいなら僕は止めないけど、この弾力性はどうなんだろうか」

「じゃあ、私たちが先にマッサージをやってもらおうよ～」

エレナちゃんに手を引かれ、屋敷のリビングに入る。

そして大きなソファーに二人で横になった。身体が大きな魔族のお客様のために購入した特注品だ。二人で一緒にうつ伏せになって並べるくらい大きい。

隣からエレナちゃんの優しい匂いがふんわりと香ってきて癒される。

それにしても、こういうのも慣れてきたな……以前なら慌ててしまったけど、よくよく考えると僕はまだ子どもだし、エレナちゃんもそうだから、こうして隣同士で寝転がるのもなんら不思議はないよね。

エレナちゃんが青色スライムたちに何か指示すると、僕たちの方に跳び込んできた。

今までの『ぽよんぽよんリラックス』とは少し違う感じがするマッサージが始まった。

大きく違う点は、水色スライムたちと比べて弾力性があり、くっつく感覚がしっかりしている。

同じ高さで跳ねたとしても、しっかりと重みを感じることができた。

「不思議と気持ちいい～。水色の子たちと違って、ちょっと強いかな？」

「そうだね。最近毎日気を張ってたから、凝った肩には最高だね～」

「ワタルって……肩凝ったの？　マッサージしようか？」

いや、そういう意味で言ったのではなくて……こう……気持ち的な？

それにしても、水色スライムとは違うよさがある。どちらにも相応のよさがあるのはいい。癒しを求める人は水色スライム。より全身をほぐしたい人は青色スライムがよさそう。

スライムたちから、僕の役に立てて嬉しそうな感情が流れてきた。

少し色が変化して感触も変わったけど、この子たちもみんな僕の従魔であり、優しいスライムたちなんだと思う。

フウちゃんが『ぽよんぽよんリラックス』のことを伝えると、青色スライムたちも頑張るとのことだったので、数匹を連れて鬼人族の里に飛んだ。

新しいスライムたちは、言うまでもなく攻略組に大人気だった。

○

次の日。

目を開けると窓から小さな光が差し込んでいて、ベッドの周りで青色スライムたちがじーっと僕を見守っていた。

「みんな、おはよう」

朝の挨拶を皮切りに全員が僕に跳んできて、なでなでしてほしいと言わんばかりに身体を擦りつけてくる。

青色スライムたちは、とても人懐っこくて可愛らしい。僕だけじゃなくて他の人たちにも上手になでなでをおねだりしていた。


スライムたちをひと通り撫でてから、シェーン街の王城に向かう。

王城に着くと、既にみんな集まっていた。

すぐに出征地点を使って鬼人族の里に飛ぶと、休憩室では攻略組が準備を終えてお茶を飲みながら待っていた。

いつもなら余裕のある表情のメンバーだが、今日は少し緊張した面持ちだった。

「では、前回のおさらいをしよう。巨大トカゲを全部倒したけど、次の層に向かう扉がなかった。でもその後に不思議な揺れがあったから、ダンジョンに何かしらの変化が起きているかもしれない。ボス部屋が出現したかもしれないから、全員気を引き締めていこう！」

エヴァさんの言葉にみんなが拳を上げて気合を入れた。

いつもの布陣で、ダンジョンに入る。

「ん？　空気が変わった気がします！」

明らかに前回入った時とはかけ離れた雰囲気で、ひどくどんよりしている。

さらに――通路の形まで変わっている。

今までは通路がまっすぐ続いていて奥が見えなかった。なのに、今回は曲がり道があるのだ。

「道が曲がっているわね」

「ワン！」

「分かったわ、コテツくん。先に確認をお願い！」

「ワン！」

コテツは勇敢に先行して走っていく。

僕たちは少し離れてその後をゆっくり追いかける。

道はところどころで曲がっていて、先が見通せない。前までは暗闇で見えなくても、光っているコテツのおかげで遠くまで見えていたのに、今は曲がった道の壁しか見えない状況だ。

「ワンワン!!」

数回道を曲がった時、道の先からコテツの吠える声が聞こえてきた。

「敵は多数！　みんな、防戦主体でいくわよ！」

曲がった道の先から何かがこちらに近づいてくる。

数秒後、コテツと共に――無数の大型アリの魔物がこちらに向かって走ってきた。

「敵多数！　前衛は魔物の足止めと防戦優先！　援護迎撃開始！」

エヴァさんの号令と共に、後方から弓矢と雷が放たれ僕たちの頭上を越えていく。

矢はアリに当たって弾かれる。鎧をまとっているかのような身体だ。

続いてアルトくんたちが放った雷が直撃するも、足を止めることなくこちらに向かって走ってきた。

ただ雷によるダメージ自体はあるようで、数体はその場で倒れ込む。

「弾かれても止まらなくても攻撃をゆるめないで！　もしかしたら恐慌状態かもしれない！　倒すまで動き続けると思って油断しないで！」

以前エヴァさんがミーティングの時に話していたが、恐慌状態というのは、恐怖や痛みを感じることなく、ひたすら敵に向かって突進し続ける様子を指す。魔物の中にはそういう状態の兵隊を操るものがいるということだ。目の前のアリたちはそういう類《たぐい》の魔物なのかもしれない。

前世でもアリというのは、兵隊というイメージがあるからね。

それにしても、アリたちはタフで一向に止まる気配がなく、こちらに向かってくる。

「アルトくんたちの攻撃もセレナさんたちの弓矢も効いていています！」

僕の言葉に、後ろから安堵の息が聞こえてくる。

そんな中、一体のアリが雷をかいくぐって、こちらにたどり着いた。

しかし、真っ先に跳びついたコテツによって聖剣で右側の足三本を斬り落とされると、アリは動けずにその場に倒れ込んだ。僕がすぐに剣で眉間を刺して仕留めた。

雷のダメージを受けた上でここまでしないと倒せないとなると、ずいぶんタフだ。

「足を斬れば動きが止められるようじゃな！　前衛は足を狙うのじゃ！」

「ワンワン！」

「「了解！」」

エルラウフさんの指示に従って、僕たち突撃組は後ろからの援護を受け、くぐり抜けてきたアリの足を狙う。

付け根の部分は体表と違って柔らかくて、簡単に斬ることができた。

なだれのようにやってくる大型アリの魔物。前衛四人で進行を止めながら、アルトくんたちの迎撃でどんどん数を減らした。


無我夢中で数十分戦いを続け、ようやく大型アリがやってこなくなったため、一旦引き返して入口前で休息することにした。

ジェシカさんが鞄の中から飲み物とタオルをみんなに手早く渡す。

「では、現状を手短にまとめるわね。思っていた状況と違っていて、ボス部屋がある感じもしないわ。となると、またあのアリと戦う羽目になりそうね」

みんなが飲み物を口にしながらエヴァさんの意見に頷いて応える。

「一番の問題は、一体の強さはトカゲよりは弱いけれど、何より数が多いこと。さらに恐慌状態に陥っているようにも見えるわ。アリ型魔物ということもあって、奥に女王アリがいそうね。それに一体だけとは限らないわ」

「このまま進みますか？」

僕の質問にエヴァさんは首を横に振った。

「ううん。今回、兵隊アリを全部倒して逃げたのには理由があるの。まず一つ目はあの兵隊アリが復活するかどうかの確認。二つ目は女王アリが自ら出てくるかどうか。三つ目はダンジョン自体になんらかのトラップが増えてないか。それを確認したいの」

その意見に、僕は手を挙げた。

「三つ目は心配ないと思います。おそらくですけど、この壁は壊れませんし、壊れるようなトラップもないと思います」

「ん？　確証があるの？」

「いえ、確証はないんですけど、ここはそのようなダンジョンではない気がするんです」

「分かったわ。警戒はするべきだと思うけど、ワタルくんがそこまで言い切るなら信じましょう」

みんなも納得したように頷いている。

僕が言い切るのには一つの理由があった。それは、ここのダンジョンの壁から不思議な気配を感じるからだ。さらに前回、攻略中にわざと壁に攻撃を当てたこともあるんだけど、その時も傷一つつかなった。

それはダンジョンの壁が硬いから——という訳ではなく、ダンジョンの壁の向こうには何もないからのように感じる。だからこそ、壁を叩いても何もない場所を叩いたのと同じで、決して壊れることもなければ、壁の中から何かが現れる心配もなさそうだった。

「一つ目と二つ目の理由を確認したいので、外には出ずにここで待機するわよ」

そのまましばらく休憩時間となった。

決して緊張を解く訳じゃないけど、数十分の戦いと会議を終えて、みんな床に座って一息ついていた。中でもエレナちゃんは、アルトくんの背中でぐったりしている。

他のメンバーもみんな疲れた様子で、少しだけ心配になる。

エヴァさんがセレナさんに尋ねる。

「セレナちゃん、被害を出さずに中を探る方法はあるかな？」

「ん……残念ながらこのダンジョンの中では精霊は使えないようです。精霊にお願いするのは難しそうですね」

精霊というのは普段は目に見えない。でもどこにでもいて、表の世界に干渉はできないけど、精霊使いの能力がある人に使役されて魔法を使ってくれたりする存在だ。

セレナさんはこの世界でも数少ない精霊使いの一人で、弓の実力だけじゃなく、精霊使いとしてもとても頼れる味方だったりする。

「ダンジョンにも必ず精霊がいるはずなのに、ここには存在しません。通常は多くの闇の精霊がいるはずなのですが…………いくら闇の精霊が隠れがちな精霊だといっても、ここまで見当たらないのも不思議ですし、聞いたこともありません」

「そっか…………もし闇の精霊がいたら、女王アリを探すのも簡単になる訳ね」

「ええ」

闇の精霊さんか～。僕にも精霊を見る力があればよかったけど、残念ながらそういう力はないので、セレナさんに頼りっぱなしになりそうだ。

エレナちゃんがリュックから持ってきたエリアナさんの特製干し肉を出し、みんなに配り始めた。

エリアナさんの特製干し肉は大人気で、満腹感があるだけでなく、精神的な疲れも回復してくれる。僕たちの心の柱と言っても過言ではない。


短い休憩が終わり、再度ダンジョンの攻略を始めた。

ゆっくり奥に向かって進んだが、魔物は姿を一向に見せない。

その時、カミラさんが大きな声を上げた。

『足音が聞こえるわよ！』

全員が戦闘態勢に入る。

数秒後には少しずつ地鳴りが響き始め、ダンジョンの奥からまたもや無数の大型アリが勢いよく現れた。

「援護組は先頭を狙って！　前衛はさっきと同様に落ち着いて迎撃を！」

「「了解！」」

すぐにアルトくんたちの雷がアリを襲い始める。

「コテツくん！　隙を見て奥を探ってきてほしい。奥にもっと巨大なアリがいるはずだから、何体いるのか確認してきて！」

「ワン！」

「コテツ、危なくなったらすぐに吠えてね！　すぐにこっちに召喚するから！」

「ワンワン！」

勇者モードとなったコテツは、空飛ぶマントをなびかせて浮いたまま走って奥に進んでいった。

僕やエルラウフさんたちは必死にアリを止め続けた。むやみに斬っても硬い鎧のような甲殻に刃が通らず、疲れだけが溜まってしまう。

だから極力足の付け根の弱い部分を斬って、行進を止め続ける。

夢中になって戦っていると、コテツが戻ってきた。

「ワンワン！　ワフッ！」

「やっぱり二体いたのね！　ここからの分かれ道が右と左ね………みんな！　このままもう少し耐えたい！　兵隊を倒し終わったら、今度は女王を一体倒したい！」

「「了解！」」

「エヴァさん！　私も出ます！」

後衛で回復魔法を使っていたステラさんが一歩前に出た。

「ステラちゃん…………仕方ないわね。援護組に加わってちょうだい」

「はい！」

アルトくんたちと並んで詠唱を始めたステラさんの両手からは、美しい光の槍が数十本近く現れて、一斉に大型アリに飛んでいくと次々と刺さった。

彼女はこんな魔法も使えたんだなと驚いたけど、とても心強い。

数十分の激闘の末に大型アリの襲撃が終わり、戦いは一旦区切りを迎えた。

「ふう……一回ならまだしも、二回目はなかなか骨が折れるのぉ～」

「エルラウフさんが前線で頑張ってくれたから、みんな心強かったです！　傷はすぐに治します！」

「おお。ありがとう」

誰よりも身体を張ってみんなを守ってくれたエルラウフさんの傷を【慈愛の手】で治していく。

続けてベンジャミンさんの傷を治している間、ジェシカさんがみんなに飲み物を配った。

二度目の激戦で、エレナちゃんはアルトくんの上でまたもやぐったりしている。

「さて、みんな！　これから女王アリ戦の想定をするよ。まず、一番危険視しなくちゃいけないのは兵隊アリの再召喚ね。それで逃げ道が塞がれると困るわ。そこで女王アリをおびき寄せることにする。おびき寄せる役はコテツくん、お願いしてもいい？」

「ワン！　ワンワン！」

任せてくれと言っている気がする！

「ありがとう。もしも兵隊アリが召喚されそうになった場合、全力でダンジョンから退避するわ。その時は後ろを振り返らずに逃げてちょうだい！」

「「了解！」」

「もし兵隊アリが召喚されなかった場合は、巨大トカゲと同じ戦法を取るけど、兵隊アリの様子から女王アリも重装甲と強い突破力が予想されるから、それを忘れずにね！」


少しの間休息を取って、女王アリとの戦いに備える。

さっきの休息よりも重苦しい空気と相まって、どっと疲れを感じる。でも、もうこれまで以上に大きな戦いが控えているから、気合を入れないと……！

「ワタル……大丈夫？」

「ふふっ。エレナちゃんこそ大丈夫？」

「疲れたぁ……でもまだまだ！」

疲れているはずなのに元気いっぱいに笑うエレナちゃんに、僕まで元気をもらえた。

「さて、そろそろ行くわよ！　みんな、咄嗟の出来事にも冷静に対応するように！」

エヴァさんの号令で休んでいたみんなが立ち上がった。

女王アリの強さは未知数だから、みんな険しい表情を浮かべている。それに少なくとも、ここまで戦ってきた大型アリよりもずっと強いことが予想される。

「コテツ。無理は禁物だけど、もしもの時はみんなを守ってね」

「ワン！」

コテツをわしゃわしゃと撫でると、元気よく先陣を切って走っていった。

道を進むと左右に分かれている。

どちらにも女王アリがいるようだけど、コテツは右側に進んだ。

無事に帰ってくるように祈りながら、その時を待つ。

緊張感に包まれながら今か今かと待っていると、地面が少しずつ揺れ始めた。

「この揺れの大きさ……！　敵は相当強そうだから、決して無理はせずに距離を取って状況を見ながら戦うわよ！　特にエル！　貴方が崩れたら終わりだからね！」

「かしこまりました！」

エルラウフさんはタフさもあって、誰よりも前線で攻撃を受け止めてくれるからね。少しのダメージなんかものともしない勇敢な姿は、僕たちに大きな勇気をくれる。

でもエルラウフさんにも限界はあるから、もし大きな被害を受けた時は僕も役に立たないとね。

地面の揺れが段々と大きくなり、何かが走ってくる音も聞こえてきた。

「来るわよっ！」

エヴァさんの声と共に、分かれ道から全力で走ってきたコテツが姿を見せる。

そしてそのすぐ後ろから地鳴りを響かせ、爆速で走ってくる巨大な女王アリが現れた。

「散開！」

ずっと僕たちが戦っていた大型アリ、通称兵隊アリは、全長一メートルくらいの大きさだった。

それに比べて女王アリは、全長五メートルくらいありそうだ。重そうに見えるのに、走る速度は兵隊アリよりもずっと速い。

みんなが通路の中央から壁側に逃げる。

「ギョエエエエエ」

甲高い咆哮を上げながら、女王アリはコテツを追いかけて通路の中心を通っていく。

グレースさんの背中に乗るステラさんが誰よりも先に光の槍を放った。

それでも足を止めることなく、すさまじい勢いで突進する女王アリになす術もなく、僕たちはひたすらに逃げ惑う。

だが、このままステラさんやリアムさんたちの魔法攻撃でダメージを蓄積させれば、いずれは勝てそうだ。

――――と思ったその時、女王アリの口から炎が溢れた。

「炎を吐くわよ!!」

女王アリの口から巨大な爆炎ブレスが放たれた。狙われたのは魔法で援護していたステラさんとグレースさんだ。

「グレースさああああん!!」

グレースさんと、その背中に乗っているステラさんの顔が見えた。

ステラさんが何か魔法を使うところまで見えた次の瞬間、爆炎が二人を飲み込んだ。

女王アリから放たれる残酷な爆炎を見て、心臓がバクバクし始める。


どうして爆炎ブレスの軌道をずらすために跳びつかなかった?

どうして事前に他の攻撃があるかもって思わなかった?


爆炎ブレスによって焦げた地面には――――誰一人残っていなかった。

僕はその光景を見て唖然とし、両膝をついてしまった。

ちゃんと守れたはずなのに。僕がもっと頑張れば、ステラさんもグレースさんも救えたはずなのに…………どうして僕は…………。

その時、頭上から声が聞こえた。

「ワタル様！」

「ステラさん⁉」

そこには打撲らしき傷を負ったグレースさんと、それを治しているステラさんがいた。

「ワンワン！」

「えっ⁉　コテツ⁉」

「ワタル様！　コテツくんが助けてくれたんです！　コテツくんが体当たりをしたら、勢い余って吹き飛ばされてグレースさんが怪我をしてしまいましたけど……」

『こ、これくらいなんでもないわ。コテツ殿、助かりました』

「ワフッ！」

コテツ………ありがとう！

僕とエルラウフさんたちは、女王アリに向き合った。

「コテツ！　行くよ‼」

「ワンワン！」

足を止めている女王アリに、コテツと一緒に跳び込む。

兵隊アリは身体と足の繋ぎ目が一番柔らかかったので、コテツとタイミングを合わせて斬りつけた。

全力で斬りつけても兵隊アリのようにはいかなかったけど、女王アリは痛みを感じたのか全身を激しく揺らしながら鳴き声を響かせた。

暴れる女王アリから急いで離れると、矢が飛んでくる。

弱点を狙った矢の数から見て、セレナさんだけでなく、エレナちゃんも標的をしっかり狙えるくらい上達しているのが分かる。

「ワタルくんたちが傷つけた場所を狙ってちょうだい！」

空中を横切る鋭い雷が、女王アリの弱点に直撃する。

痛みで女王アリの動きが緩漫になったところで、エルラウフさんとベンジャミンさんの連携攻撃が始まった。兄弟らしい息の合った華麗な連撃だ。

女王アリを大斧で刺してすぐに跳び降りたベンジャミンさんを、リアムさんが受け止める。白狐族の素早さと身軽さのおかげで、攻撃の後のケアまで大助かりだ。

「隙ができたわ！　全力で撃てー！」

エヴァさんの号令に合わせて、みんながありったけの攻撃を叩き込む。

全身に傷が増え、硬い甲殻に隙間が生まれたおかげで、ダメージをダイレクトに与えることができたのか、女王アリの動きはどんどん鈍くなっていき、やがてその場に倒れ込んだ。

それでも女王アリは消えなかった。僕は急いでコテツとその懐《ふところ》に跳び込んだ。

コテツが咥えた聖剣が光り輝き、くるくると回りながら女王アリのもとに跳び込んで攻撃する。

僕も叢雲を両手に持って空高く跳び上がり、全力で頭部を斬りつける。

断末魔の咆哮を上げた女王アリは――――その場で消え去った。

「か、勝った!!」

みんなも安堵したように大きな声を上げて、勝ったことを喜んだ。

そんな中、僕は真っ先にステラさんとグレースさんのところに走っていった。

「ステラさん！　グレースさん!!」

「ワタル様？」

『ワタル？』

僕はそのまま――二人に抱きついた。

「二人が無事で本当によかったああああああ」

思わず涙が溢れた。女王アリの爆炎ブレスに飲み込まれたと思った二人が、こうして無事でいてくれることが本当に嬉しい。

「ワタル様、ご心配をおかけしました」

ステラさんの言葉を聞いたエヴァさんが深々と頭を下げた。

「ワタルくん、今回のことは私の作戦が甘かったせいよ。ごめんなさい」

「エヴァさんはよくやってくれました！　相手が強かったのに生き残れたのも、エヴァさんの冷静な判断のおかげだと思います。だから頭を上げてください」

誰のせいでもない。でも、もう少し自分が強かったらと思うことはある。強敵と戦う意味を、今日深く理解した気がした。

異世界に転生してから、自分が必死になる戦いも多かった。

でも仲間をここまで危険に晒す戦いは初めてだった。だからこそ、もっと戦いについてしっかり勉強しておく必要があると思った。

僕の足元にやってきたコテツがつぶらな瞳で僕を見上げた。

「コテツ……！　今日は本当にありがとう！　戦いも、女王アリを引きつける難しい役も、ステラさんとグレースさんを助けてくれたのも本当にありがとう！　コテツは僕の自慢の家族だよ！」

「ワンワン！　ワフッ！」

胸元に跳んできたコテツを受け止めると、すぐに僕の顔を舐め始める。

「あはは～。くすぐったいよ～、コテツ～」

みんな僕たちを愛おしい視線で見つめながら、勝った喜びを噛みしめていた。


予定通り女王アリとの戦いを終えて、僕たちはダンジョンを後にした。

外に出ると一気に疲れがどっと押し寄せてくる。

勝利を祝うのは後日にすることにして、シェーン街に戻った。

みんな疲労の限界で、僕とエレナちゃんは帰って早々に倒れ込むように眠りについてしまった。

○

笑い声と物音で目が覚めた。

ここって……シェーン街に帰ってきてから記憶がない……？

ふと隣を見たら、目の前でエレナちゃんが可愛らしく眠っていた。

そ、そっか……帰ってきてすぐに眠ってしまって、そのままベッドに運ばれたのか。

エレナちゃんを起こさないようにゆっくりとベッドを降りて、リビングに行く。

「エリアナさん、ステラさん」

「ワタルくん！　おかえり」

「ワタル様、どこか痛むところはありませんか？」

「ただいまです。いえ。どこも痛くないです！　むしろ調子がいいくらいで、今すぐにでもまた女王アリと戦えそうです」

「ふふっ。明日はもう一度女王アリとの戦いがありますからね？」

自分も危ない目に遭ったというのに僕の心配をしてくれるなんて、ステラさんはすごく優しい。

「それにしても話を聞く限り、そのダンジョンはとても大変な場所みたいね。エヴァ様たちが苦戦を強いられているなんて……」

「そうですね。魔物も魔石を落としませんし、素材も残らないんですよね。代わりにレベルアップはしやすいですね」

「私もそれが気になりました。もしかして……あのダンジョンはそういう役目なのかもしれません」

「そういう役目……？」

エリアナさんが出してくれたお茶を飲みながら、ステラさんの次の言葉を待つ。

「女王アリと戦って思ったのは、通常の魔物よりもずっとずっと強いということです。それだけならいいのですが、他のダンジョンの魔物と同様に消えるのに、素材は何も残らないし、魔石も落ちません。その上、報酬となる宝箱もありませんでした。でもそれと引き換えに、レベルアップはしやすい。もしかしたらあのダンジョンは――ダンジョンではなく、試練なのかもしれません」

「ダンジョンではなく試練……」

「はい。どういう意図でガイア様があのダンジョンをワタル様に勧めたのか、私には到底分かりません。ですが、きっと必要なことなのだと思います。そこには、おそらく二つの意味合いがあると推測できます」

「二つですか？」

ステラさんは頷く。

「一つ目は鬼人族の里の周囲の環境です。あの地は昔から乾いた土地です。そんな場所に特殊なダンジョンがあることが無関係とは思えません」

「あのダンジョンのせいで土地が乾いているってことですか⁉」

「あくまで推測ですけど……ガイア様はダンジョンの奥で【聖地】を使ってほしいと仰ったのでしたね？　もしかしたら、それであの土地を大きく変えることができるかもしれません」

シェーン街で白狐族が住みやすくするために使った【聖地】。効果はまだちゃんと分かっている訳じゃないけど、もし多くの鬼人族がこの地で生きやすくなるなら僕も嬉しい。

「二つ目は――ワタル様の成長ではないかと」

「僕の成長……？」

「はい。ワタル様はこのままでもどんどん強くなるでしょう。ですが、それと比例してワタル様を狙う世界の悪意も増える気がします。取り返しのつかないことが起きる前に、ガイア様はワタル様に成長してほしいんだと思いました」

僕が強くなること。そのことにどういう意味があるのかは分からないけれど、僕は自分の仲間たちを守りたい。ステラさんが話す「取り返しのつかないこと」は起きてほしくない。みんなを守れる力を得るためなら、いくらでも頑張りたい。

それに……僕は一人じゃない。こうして食事を作ってくれるエリアナさんや、優しく見守ってくれるステラさん、僕と一緒に日々頑張っているエレナちゃん、他にもたくさんの仲間たちがいる。

みんながいてくれれば、この試練《ダンジョン》を乗り越えられると思う。ううん。絶対に乗り越えてみせる。

みんなを守れるように。

僕とステラさんが話している間に、エリアナさんが作っている美味しそうな夕飯の匂いに釣られたのか、「お腹空いたよ～」と降りてきたエレナちゃんを見て、僕たちは大きな笑顔に染まった。

そのうち仕事を片付けたエヴァさんとセレナさんも来て、熾烈《しれつ》な戦いがあったことは忘れて、今の幸せな時間を堪能した。

第10話

次の日。

今日もまた鬼人族の里のダンジョンに挑む。

「今日の方針を決めるわ。まず検証を最優先にする。一つ目は昨日倒した女王アリと兵隊アリが復活しているかどうかを確認する。昨日の兵隊アリと同じなら復活はしていないはずね。二つ目は、もし昨日の女王アリが復活せず、予定通り一体だけ残っていた場合、そちらの兵隊アリが復活しているかどうかを確認する。それが全部確認できて、残りが女王アリ一体だけなら、そのまま戦うわよ！」

「エヴァさん！　僕から一つ提案があります！」

「ワタルくん？　どうしたの？」

「はい。魔石も素材も落とさないけど、レベルアップしやすいということは――――ここであえてレベルアップを重ねるべきだと思うんです」

昨晩、ステラさんに言われたことをずっと考えていた。

このダンジョンは間違いなく高難度ダンジョンだと思う。魔物が魔石や素材を落とさない代わりに、レベルアップのための経験値獲得量が異常に多い。

このダンジョンに来る前の僕のレベルは65だった。

チュートリアルスキルのおかげでレベルが上がりやすい僕だけど、それでも65にもなると、そう簡単には上がらなくなっていたりする。

でも、巨大トカゲと昨日の大型アリたちを倒して、レベルが遂に89になった。

トカゲは一体倒すだけで、最初はレベルが5も上昇したり、エレナちゃんもレベルが3も上がったと話していた。

さらに昨日の女王アリを倒した時点で、全員がレベルアップを喜んでいた。

疲れ切っていてお祝いとかはしていないけどね。

僕の考えを聞いたエヴァさんが口に手を当てて少し考え込んだ。

「つまり、ワタルくんの意見としては――――兵隊アリが復活していた場合、数日間は兵隊アリだけを倒してレベルアップを重ねようということね？」

「その通りです。もし復活しなかったら、そのまま攻略を進めていいと思います」

「そうね。実は私も似たことを考えていたわ。というのも、昨日の女王アリとの戦い。一瞬とはいえ、危ない目に遭ったもの。兵隊アリとの二連戦による消耗が一番大きかったと思う。残りの女王アリだけだともうそれほど苦労はしないだろうけど、次の階がないとも限らない。それならここで一度足を止めて、みんなの戦力を上げた方がいいわね。ひとまず現状を確認して、どうするかみんなで決めましょう」

エヴァさんの意見に同意して、僕たちはまたダンジョンの中に入った。


慎重に道を進むと、大勢の敵の気配が感じられた。

「残念ながら復活しているようね。みんな！　戦闘態勢！」

昨日と同じ対兵隊アリの布陣を取る。

少しずつ地響きが大きくなり――――無数の兵隊アリが現れ始めた。

「援護組！　迎撃開始！」

アルトくんたちの雷が、暗い通路の奥に放たれていく。

雷の光で兵隊アリの群れが見えた。

三度目というのと、油断なく体調も万全なのもあり、僕たちは次々と兵隊アリを倒していく。

危なげなく丁寧に戦い、こちらの消耗もなく、無事戦いを済ませることができた。

みんなレベルアップを重ねたからでもあるけど、数日間にわたる激戦を共にしたからこそ、連携力が目に見えて上がったのだ。あとは、エヴァさんがそれぞれの得意分野を把握して的確に指示を出してくれたことも大きい。

無事兵隊アリの群れを倒すと、間髪入れずにコテツが暗闇の中を走っていった。

光り輝いているコテツが暗闇を照らす姿は、僕たちに希望を抱かせる象徴のようだ。

少し待っていると、コテツが帰ってきた。

「おかえり～コテツ」

「ワン！　ワフッ、ワン！」

僕の胸に跳び込んだコテツのつぶらな瞳を見つめる。

……やっぱりコテツが何を言っているか、僕には分からないな。

「なるほど。昨日の女王アリは復活していないから、片方だけが残っているんだね。理想の形での復活ね。さて、これから多数決を採りたいと思うわ。私としてもワタルくんが提案してくれたレベルアップを重ねる意見に同意するわ。ただ、これで帰る時間が遅くなるのは明白。それでもみんな我慢できるならそうしたいと思う。ワタルくんの意見に同意する人は手を――」

その場にいる全員が手を挙げてくれた。

「ふふっ、聞くまでもなかったわね」

エヴァさんは慈《いつく》しむような笑みを浮かべた。

セレナさんが言う。

「そもそもですが、多少帰りが遅くなっても、ここほど効率よく、且《か》つ信頼できる仲間と共闘できる場所はありません。それに私たちがレベルアップを重ねることには大きな意味がありま す――私たちの戦いはここで終わる訳ではありません。停戦中とはいえ、勇者を擁する人族軍がまた攻めてくる可能性もあります。それに向けて、私たちが力を持つのは大きな意味があると思います」

「そうね。セレナちゃんの言う通り、私もみんなの戦力アップは魔王としてもとても助かるわ。でも、ここで増やした力で人族を滅ぼしたいとかじゃないから、二人は安心してね？」

いたずらっぽい笑みを浮かべたエヴァさんが、僕とステラさんを見つめた。

「し、知ってます！　エヴァさんたちがそんなことしないくらい知ってます！」

「ふふっ、それはとても嬉しいわね。ところで新しい検証をしたいんだけど、いいかしら？」

「新しい検証ですか？」

エヴァさんは――またいたずらっぽい笑みを浮かべて、あることを口にした。

彼女が魔王である理由が……少しだけ分かった気がする。

僕たちはエヴァさんの指示通り、みんなでダンジョンの外に出た。

「よし、全員外に出たね」

メンバーの確認を行って全員がいるのを確認する。

「よしっ！　では——もう一回入るわよ！」

そう。これがエヴァさんの考えついた新しい検証である。

「兵隊アリが復活したのは、レベルアップのためにはよかったけど、それがいつ復活するかは全く分からないわ。一定時間で復活なのか、はたまたダンジョンから誰もいなくなったら即復活なのか、ね。だからそれを検証する。もし復活したら今日から………みんな分かるわね？」

満面の笑みを浮かべたエヴァさんに、みんなが震えた。

できれば即復活はしないといいな……なんて思ったけど、こういう時の願いって届かないことが殆どだ。それを証明するかのように、ダンジョンに入って通路を進むと、相変わらずの地響きが聞こえてきた。

○

その日から毎日、クタクタになるまで兵隊アリを倒し続ける生活が始まった。

レベルが上がれば上がるほど強くなれる世界。それは僕だけじゃなくてみんなも同じだ。

日々の狩りでレベルアップを重ねたおかげで、前日よりも今日の方が楽に戦えるようになり、強くなって毎日狩れる兵隊アリの数も増えていった。

「今日もお疲れさま～」

シェーン街に帰ると、毎日エリアナさんが僕の屋敷まで迎えに来てくれる。

今日も美味しい夕飯を作ってくれたので、みんなでエリアナさんたちの家にお邪魔してご馳走になる。

「そういや、スライムたちがどんどん増えているわね～？」

エリアナさんが言う通り、スライムたちがまた増えた。・・・・

屋敷の泉から増えるスライムは、通常の水色スライム、そして、新種でもある海のような濃い青色スライムの二種類だ。

「ワタルくん～、ムイちゃんがやってきたよ～」

窓の外からこちらを笑顔で見つめている青色スライム。少しだけ周りのスライムたちよりも大きい。

スライムたちは数を増やしすぎてしまったからか、みんなの意思をちゃんと伝えるためにリーダー格のスライムが生まれた。今までならフウちゃんがその代表だね。

窓の外にいる大きい青色スライムの名前はムイちゃんだ。いつも僕のことをじっと眺めている。

今の感じからすると、カーストの一番上にフウちゃんがいて、その下にムイちゃん、さらにその下にその他のスライムたちって感じだ。

といっても、上のスライムが偉ぶってるとかではなく、スライムたちはお互いを尊重して大事にしていて、代表してフウちゃんとムイちゃんが僕に意思を伝えてくれる感じだ。

そして、なんと、ここ最近の出来事として、もう一つの新種スライムが誕生した。

「また増えたみたいだね。緑の子たち」

「そうみたいだね～」

エレナちゃんが扉を開けると、ぴょんぴょんと音を立てて部屋に流れ込んでくるのは、ムイちゃんに先導された緑色のスライムたちだ。

緑色スライムは、身体が少しぬるぬるしている。触っても変な液体とかはつかないけど、その感触からマッサージとかには向いてない。

そんな緑色スライムたちが率先してやっている仕事は――――街の清掃だった。

本来スライムは、ものを食べて分解した時に還元される魔力を吸収してご飯の代わりにするけど、緑色の子たちは少し違う。

魔力を食べることは他のスライムと同じだけど、その量が普通のスライムよりも何十倍も多い。

その理由は、彼らは食べて得た魔力を――――なんと！　魔石化できるからなのだ。

だから緑色スライムたちは、街中の汚れやゴミを食べて魔石に変換する仕事をしている。

ただ、ご褒美《ほうび》としてあげている僕の魔力だけはなぜか魔石にはできないようだ。

「最近、この子たちにはたくさん助けられているわ～。街の人たちも、ワタルくんにありがとうって言っていたわよ～」

「あはは……スライムたちが頑張ってくれたおかげですね。みんなありがとうね！」

スライムたちが次々に跳び込んできて、抱っこを求められる。ただみんなが一斉に求める訳じゃなくて、順番で跳び込んでくる。

僕もレベルが上昇したおかげで、増え続けるスライムたちを余すことなくテイムできた。

ひと通りスライムたちの抱っことテイムを終えると、みんなすぐに仕事に出かけていった。

《ステータス》
名前：ワタル
種族：人族
年齢：八歳
加護：【チュートリアル】
【大地の女神の加護】
レベル：130
HP《体力》：2590
MP《魔力》：2590

STR《力》：1291＋1300
VIT《生命力》：1291＋1300
DEX《器用》：1291＋1300
AGI《俊敏》：1291＋1300
INT《知力》：1291＋1300
RES《精神力》：1291＋1300

《スキル》
【武器防具生成】専用武器：叢雲、エクスカリバー
【成長率（チュートリアル）】
【経験値軽減特大】
【全ステータスアップ（レベル比）】全ステータス＋1300
【コスト軽減（レベル比）】全スキル99％減
【拠点帰還】シェーン街の屋敷
【レーダー】
【魔物会話】
【初級テイム】水色スライム×420、青色スライム×100、緑色スライム×30
【ペット召喚】コテツ

【ゴッドハンド】派生スキル：【慈愛の手】

【神獣共鳴】派生スキル：【聖なる稲妻《セイント・ライトニング》】

【聖地】

○

今日もダンジョンに入るために、元宝物庫の休憩室にメンバーが集まった。

「みんなも随分と強くなった気がするわね。レベルアップのペースも落ち着いた頃合いだし、そろそろ攻略を再開しようと思うわ。まだ少し続けたい人は——いないわね。では、女王アリを倒すとしよう！」

部屋は歓声に包まれた。

これは、女王アリを倒せることより、兵隊アリを何百と倒すスパルタな日々から解放される嬉しさな気がする。

メンバー全員で一緒にダンジョンに入る。心なしかみんな晴れやかな表情だ。

お馴染みの地響きが聞こえ、前方から兵隊アリが大量にやってくる。

初めて来た際に感じた恐ろしさは全くなくなり、今では普通の魔物を見るのと変わらない。強くなったおかげなのかもしれないね。

いつもと同じく、援護組から雷が放たれる。

最初の頃と違い、雷の量が二倍ほど増えている。アルトくんたちもレベルアップしたおかげで、強くなったからだ。

敵が感電すると同時に、今度は矢が無数に放たれる。

まるで後ろに弓兵が何十人もいて一斉に矢を放ったかのようだ。なのに、これを放ったのはセレナさんとエレナちゃんのたった二人だけだった。

これは初めて知ったことなんだけど、猫耳族は男性が剣、女性は弓を得意とするようで、二人はその中でも才能がズバ抜けていた。そしてレベルアップを重ねてスキル【アローレイン】を覚えた。

これは一本の矢を放つとそれが無数に増えるスキルだ。攻撃が終わると、増えた矢は魔力の残滓となって消えるので、その光景もなかなか神秘的で僕はとても好きだ。

ただ、消費魔力が多いから連発はできない。だけど、集団戦ではとても心強い戦力となった。

それでも攻撃をすり抜けてくる兵隊アリが数体いて、彼らの進軍を阻むのは——エルラウフさんとベンジャミンさんの兄弟コンビだ。

今まで空白の時間があったにもかかわらず、絶妙な連携を見せている。まるで元々一心同体だったかのように、お互いの動きを熟知していて連携攻撃を繰り出す。

レベルが上がってさらに強くなった二人を前に、兵隊アリがこちらまでやってくることはなかった。

「すまんな、ワタルくん。また見せ場を奪ってしまったわい」

「いえいえ！　お二人の戦い方を見られて大満足です！」

「がーははは！　若い頃、無数のブラックウルフどもに二人で立ち向かったのを思い出すのぉ～」

「また懐かしいことを………あの時も兄貴は俺をかばってばかりだったがな」

「弟を守るのも兄としての責務じゃって。それに斧術《ふじゅつ》の練習にもなったしの」

「おかげで、斧術だけは上達したからな」

お互いがお互いをリスペクトして褒め称えるってすごいね。

そこへエレナちゃんを乗せたカミラさんがやってきた。

「エレナちゃんもカミラさんもお疲れさまです」

「えへへ～、ちゃんと強くなったみたい！」

「うんうん。すごく強くなったよ！　だからといって無茶なことはしちゃダメだからね？」

「分かった！」

『エレナちゃんも立派な戦士になったわね』

最近はカミラさんも優しくなった気がする。今まではどこかツンとした雰囲気だったのに。

「さて、これから肝心の女王アリとの対面よ！　みんな、気を抜かないようにね！」

エヴァさんの鼓舞で全員が気合を入れて、女王アリが待つダンジョンの奥に足を進めた。

すると暗い通路の奥に、キラリと目を光らせてこちらを睨みつけている女王アリの姿が見えた。

「最初は――――エレナちゃん！」

「あいっ！　スキル【アイアンアロー】！」

後方から、僕たちの頭上を黒色に染まった一本の矢が、女王アリの頭を目掛けて飛んでいく。

女王アリの頭部に強烈な勢いで矢が刺さると、女王アリが痛そうに大きな咆哮を上げる。

「雷！」

アルトくんたちによる雷が、女王アリの頭部に向かって一斉に放たれていく。

頭部に刺さった黒い矢に雷が吸われるように集中砲火する。

「前衛出ます！」

「お願いね！」

僕の号令と共に、エルラウフさんとベンジャミンさんとコテツが一緒に飛び出した。レベルも随分上がりAGI《俊敏》が大幅に上昇したおかげで、走るスピードがものすごく上がっている。

前世では感じたことのない感覚で、筋力がついたというより身体が軽くなる感覚。僕だけじゃなくエレナちゃんもそのようで、今ではまっすぐ伸びた樹木を走って登ることも可能だ。

先に女王アリのもとへ跳び込んだ僕は、そのまま前足を登った。前回女王アリと戦った時よりも早く足の付け根部分にたどり着いて、叢雲で斬りつける。

AGI《俊敏》だけじゃなくてSTR《力》も上がったこともあり、前回とは違って大きな傷を負わせることができた。

女王アリが大きくのけぞり、足にいる僕を振り落とそうとしたが、僕は既に跳び降りていた。

ぐるりと回った僕が地面に着地すると、エルラウフさんとベンジャミンさんが同時にそれぞれ左右の前足に大斧を叩きつけるのが見えた。

強烈な二人の攻撃で前足を斬られた女王アリがその場に倒れ込んだ。

今までは甲殻を貫くことすら困難だったけど、レベルが上昇するとこんなにも強くなれるんだね。

ちなみに武器は全く変えていないので、ステータスが上昇した効果だ。

コテツは後方で戦ってるようで、巨体の後ろをぴょんぴょん跳んでる様子が見える。

女王アリが倒れ込むと同時に僕たちが離れると、間髪入れずに上方から無数の矢が女王アリの上半身に降り注いだ。

そして視線をエヴァさんの方に向けると、その隣で光の槍を二十本ほど生成して宙に浮かせているステラさんが見えた。

「撃てー！」

エヴァさんの号令に合わせて、ステラさんが右手を前に向ける。光の槍が一斉に放たれて、暗いダンジョンの中を照らしながら女王アリに降り注いだ。

大きなダメージを負った女王アリは、起き上がることなくそのまま黒い靄になっていく。

「勝った〜！」

エレナちゃんの嬉しそうな声が響いて、メンバーもそれぞれ近くの仲間とハイタッチをする。

二体の女王アリを倒したんだからボス部屋が出てもおかしくないか？　と思い、みんなと勝利の余韻に浸りながらダンジョンの中を探してみたけど、巨大トカゲの時と同様にボス部屋への扉は見つからなかった。

○

休憩室に戻って、みんなで紅茶を飲んでいると、少しずつ地面が揺れ始め、その揺れがどんどん大きくなった。

「前回よりも大きいわね。これ以上揺れたら危ないわ」

「そうですね。次の攻略の時にまた構造が変わっていて魔物もいたら危険だし、住民の避難をさせてから攻略を続けた方がいいかもしれませんね」

セレナさんが答えた通りだと思う。揺れが前回と比べてかなり大きくなったから、同じことが続くなら次は大変なことになるかもしれない。前世で暮らしていたのは地震の多い国だったから僕は慣れているけど、異世界ではそうあることじゃないから。

「次で終わりだと信じたいわね」

確かに次が最後だといいな。

「で――――早速今日から潜るわよ！」

「「「ええええ！」」」

「何よ～？」

「エヴァ様、今日は休んだ方がよいかと。地震の件もございますし」

「そんなに疲れていないでしょう？　あんなにあっさり女王アリを倒しちゃったし」

目を細めて話すエヴァさんに、メンバー全員が冷や汗を流す。連日嫌ってほど兵隊アリを見てきたせいで、休日を楽しみにしていたからね。

「……まぁ、バベルさんにも報告しなくちゃいけないし、今日はここまでにしようか」

エヴァさんって意外と体育系というか、魔王様らしいといえばらしい。


鬼人族の王であるバベルさんに現状を報告しに向かうと、城内が騒然としていた。

どうやらさっきの地震のせいのようで、慌てて問題ないことを伝えながら急いでバベルさんのところに行くと、謁見の間も大騒ぎだった。

エヴァさんから事情を説明すると、里にもすぐに連絡がいって事態は収拾した。

みんなで一緒に各所に謝りに行き、あのままダンジョンに入らなくて本当によかったと思う一日となった。

なんとか里が落ち着いた頃には日も暮れ始めたので、そのままシェーン街に帰還した。

○

シェーン街に戻ると、不思議と住民の気配があまり感じられなかった。どうしたのかと思って周囲を探すと、多くの住民が街の南側に集まっていた。

街の南側と言えば、白狐族の住処がある場所だ。

「みんなどうしたの？」

エレナちゃんの質問に近くにいた住民が振り向いて、「そろそろ生まれそうなんだ。みんなで赤ちゃんを守ろうと思ってね」と答えた。

「あ～！　近々たくさん生まれそうだって言ってたよね！」

思い出したかのように声を上げるエレナちゃん。

実は、住処に落ち着いた白狐族は、これから子孫を残したいと話していた。

白狐族の里が変な黒い魔物たちに襲われた後、みんなで真剣に悩んだそうだ。

シェーン街での生活にも慣れ、子どもたちを育てる環境が整ったおかげで、こうして白狐族の赤ちゃんたちが生まれる日を迎えられたことを嬉しく思う。

住民たちが見守る中、白狐族の家の中から可愛らしい甲高い鳴き声が聞こえ始めた。

赤ちゃんたちが驚かないように大きな歓声は上げず、みんなで小さく拍手を送る。

こうしてたくさんの元気な産声で、今日の出産は終わりを迎えた。


その日、シェーン街はお祝いとして街を上げてのお祭りになった。

そんな中でも、住民たちは白狐族の赤ちゃんたちのためにより守りを強化すると意気込んでいた。

僕はいつも旅に出ているから分からなかったけど、白狐族が魔族の輪の中に入っていたことがとても嬉しい。そしてこういう日をみんなが祝えるくらい、シェーン街の魔族にも余裕が生まれたんだと感じた。

いずれ必ず訪れる人族との対談の日。その日まで、少しでも魔族の平和を守れたらなと思う。

○

次の日。

急なお祭りはあったけど、ゆっくりと休んだおかげでまた気持ちを新たにダンジョンに挑めそうだ。

鬼人族の里に泊まっているメンバーに赤ちゃんたちの誕生のことを話すと、みんな嬉しそうにシェーン街に帰ったら祝うと言っていた。

もちろん誰よりも喜んでくれたのは、白狐族のリアムさんたちだったのは言うまでもない。

「地震を経て、ダンジョンの魔物は一回目から二回目の時に急激に強くなっていたわ。三回目は今までよりも熾烈な戦いになると覚悟しておいて」

それは口にはしていなくてもみんな薄々気づいていたことで、これからの戦いに向けてそれぞれが引き締まった表情を浮かべていた。

一回目も二回目もダンジョンの中は古いお城の狭い廊下のようだったけど、三回目は打って変わって広大な部屋になっていた。

広さは前世の東京ドームほどのサイズはあるんじゃないかってくらい、遠くまで見渡すことができる。

部屋の中は不思議な光で照らされていたが、中央に大きな影が落ちている。いや、影ではなく、遠目からでも分かるくらい大きな――巨人が佇んでいた。

「巨人一体だけね。他の魔物はいないわね。となると……ボスと考えていいかしら」

アルトくんたちと一緒に挑んだダンジョンで初めて倒したボスは、牛顔の巨人であるミノタウロスだった。

その時もたった一体がボス部屋にいたし、その風体は明らかに通常の魔物とは違うものだった。

今回の巨人からも、それと同じオーラを感じる。

巨人の全身は鎧でできているのか、はたまた鎧を着ているのかは分からないけど、歩く鎧のような姿だった。さしずめ鎧巨人とでも呼ぶべきか。

大きさは今まで見たこともないくらいで、三階建てのビルくらいの高さがある。

「対巨大ボス戦！　散開！」

事前に様々な大きさのボスの登場を想定して考えておいたいくつかの作戦のうち、巨大ボスに対する作戦を展開する。

足が速い白狐たちは、巨人の背後を目指して左右から裏に回る形で走っていく。

アルトくんたちを見守りながら動きを見張っていると、巨人の兜《かぶと》に赤い光が二つ灯った。まん丸い赤色の光で、多分あれが目だろう。

不思議と視線を感じる。まっすぐ――――僕を見つめていた。

巨人が動き始める。これまでの魔物と同様に想像よりもずっと速い。そして、標的はやはり――――僕だ。

横や後ろに移動すると後衛が巻き込まれるかもしれないので、巨人に向かって走る。

巨人も走り始めて、お互いに手が届く距離になると、巨人が右腕を振り下ろした。

腕が当たる前に一瞬だけ最高速度に加速して、巨人の足下に向かって滑り込む。

僕が避けたのをすぐに認識したのか、続いて左腕が振り下ろされたが、またかわす。

僕が巨人の注意を引いている間、背後に回ったアルトくんたちから雷攻撃が一斉に放たれる。直撃して轟音が鳴り響いたけど、巨人は何もなかったかのように僕を執拗《しつよう》に狙い続けてくる。

巨人のもぐら叩きのような攻撃をかわしながら攻撃できる隙を探すが、思っていたよりも少ない。

前回戦った女王アリは動きが止まるタイミングがあったのに、巨人は動き続けるし、動きも速い。

巨人の足元にたどり着いたエルラウフさん、ベンジャミンさん、ゲラルドさんが全力で攻撃を叩き込んでも、硬い鎧に弾かれていた。

その時ふと、視界に巨人の腹から頭に向かって登っていくコテツの姿が見えた。

コテツの動きを妨げないように、僕は巨人の腕を最短距離でかわしながら動きを最低限に抑え、巨人の上半身を動かさないように固定した。

頭に登ったコテツの斬撃が兜に直撃するが、鈍い音が響いて攻撃が弾かれる。

それから数十分の戦いが続いたが、巨人は全く動きを止めることもなく、ダメージを受けているようにも見えない。

「全員！　退避！」

エヴァさんの指示によって、全員が入口に向かって走る。

みんなが逃げている間も僕とコテツだけはギリギリまで残り、その後全力疾走で入口に向かった。

後ろから巨人がドカンドカンと走る音が聞こえる中、僕とコテツは同時にダンジョンから外に出た。

「今回の魔物は間違いなくボスね」

「ワンワン！」

コテツが何かを訴える。

「なるほど……コテツくんの言葉が本当なら、鎧の中には何もないことになるわね」

「え、えっと……コテツ？　ご、ごめんね。僕は何を言っているのか分からないんだ……」

「くぅん……」

コテツに釣られて僕も肩を落とす。

「ワタルくんとコテツくんって仲良いのに言葉が通じないのは不便ね。コテツくんは、鎧を斬った感触から中身がないみたいだって言ってる」

「なるほど！　それは僕も思いました。鎧が硬いのもありますが、なんというか、鎧の中が空洞になっている感じがしました」

コテツが巨人の身体を登る間に攻撃してみた巨人の手は、中が空洞のように感じられたのだ。

「うん。今回のボスはリビングアーマーという魔物だと思うわ。鎧に取り憑《つ》いた霊体の魔物ね。となると物理攻撃は全く効かないし、普通の魔法ではダメね。そうなると――――今回一番頑張ってもらう人は、ステラちゃんになるわ」

みんながステラさんに注目する。

「はい。お任せください。光魔法ですね？」

「ええ。通常属性魔法も効くけど、光魔法が大きな弱点になるはずよ。ステラちゃん、光属性の大魔法は使えるかしら？」

「はい。ただ、詠唱のための長い時間が必要です。三分間は集中したいですね。それと一度使うと連続で発動するのも難しいです」

「分かった。では明日の作戦は、ステラちゃんはカミラちゃんとペアを組んで詠唱を始める。その間はみんなで注意を引くけど、あのボスはほかでもなくワタルくんばかり狙っているわ。次もそうなら、ワタルくんは全力で逃げ回ってちょうだい」

「分かりました！」

「次も負傷者が出ないように全員で協力し合って頑張ろう！」

「「「おおおお！」」」

それぞれが雄叫びを上げてお互いを鼓舞する。

その日はシェーン街に帰ってからも、みんなでステラさんの詠唱中の作戦会議を続けた。

○

次の日。

鎧巨人と二回目の戦いを迎える。

ボス部屋に入ると早々に巨人の視線が僕に向く。やっぱり標的は僕だ。

『ワタル！　行くぞ！』

「アルトくん!?　うん！　行こう！」

久しぶりにアルトくんの背中に乗り込む。走り出すとコテツも隣に並んだ。

僕を捕捉した巨人がこっちに向かって走ってくる。

一歩一歩踏み出した時に大きな地鳴りが響いて、巨人の重さを感じる。それくらい中身はなくても巨大な鎧は硬く重いのだ。

後方から黒い矢が飛んで兜に直撃しても貫通することなく、弾かれる。

エレナちゃんが放つ黒い矢は高い貫通属性を持つはずなのに、それすら弾くとはなかなかすごい。

でも撃ち落とされずに弾かれたことに、少し違和感を覚える。

仮に貫通できなかった場合、ぶつかると同時にあんなに大きく弾かれるものなのか？

「エレナちゃん！　普通の矢を撃ってみて！　どこにでもいいよ！」

「分かった～！」

すぐに普通の矢が巨人の胸に当たると、さっきとは違って、ぶつかると同時に落ち葉のように落ちていく。

「アルトくん。雷を撃ってもらえる？」

『あいよ〜！』

走りながらアルトくんが雷を放ち、巨人に直撃する。

雷も貫通属性が高いはず。でも雷が当たってすぐに、消えるのではなく大きく弾かれるのが見えた。

僕を狙った巨人のモグラ叩き攻撃を、アルトくんが器用に避け続ける。

「エルラウフさん！　斧の柄の部分で攻撃してみてください！」

「うぬ!?　分かった！」

エルラウフさんが大斧の柄の部分で、巨人の足元を叩きつけた。

斧は主に刃の部分を攻撃に使うが、身体の硬い相手に対して打撃に使う柄部分は、槌になるような作りとなっている。

すると金属の甲高い音が響いて、今までびくともしなかった巨人が少しだけふらついた。

「やっぱり！　鎧に貫通属性に対する反射が付与されているみたいです！　貫通属性がない武器で攻撃してください！」

貫通属性のある武器とは単純に言うなら、剣や矢のように尖っているものを指す。

メンバーの中で貫通属性がない武器となると、大斧の柄の部分くらいしかなかった。

それでもエルラウフさんの強力な攻撃で少し怯《ひる》ませれば、時間は稼げそうだ。

「魔法の詠唱が始まるわよ〜！」

後方から眩い魔法陣の光が放たれる。

その時――――巨人の視線が、僕ではなくステラさんに向いた。

そしてそのままステラさんに向かって歩き始めた。

大きな地鳴りを響かせながら足早にステラさんに向かう巨人が、僕から少しずつ遠のいていく。

「アルトくん！　全力で追いかけてほしい！」

『任せろ！』

モグラ叩き攻撃の時も思ったけど、巨体なのに重さを感じさせず、一歩も大きくて速い。

僕だけだと難しいけど、アルトくんのおかげでなんとか巨人に追いつくことができた。

ただ、追いついても巨人をなんとかしないと、このままではステラさんが詠唱できない。

ステラさんの魔法を警戒するってことは、巨人にとってそれが脅威だと推測できる。何がなんでも巨人の足を止めて魔法を発動しないといけないね。

エルラウフさんたちは遥か遠くにいて足止めは無理だし、強烈な一撃を与えるのも難しい。

巨人を止める方法はないのか……!?

僕にもエレナちゃんのように矢を変化させたりできる攻撃スキルがあればいいのに……。レベルが１００を超えても新しいスキルを覚えることはなく、スキルの効果ばかりが強くなった。

アルトくんの背中から横を走っている巨人を見つめながら、自分のスキルでできることはないか考えてみる。

スキルの効果ばかり強くなった……？

自分で思ったことなのに、何かがすっぽり抜けているような違和感を覚える。

前方でアルトくんより先を走っていたコテツが、口に咥えたエクスカリバーに眩い光を灯して高く跳び上がった。

剣をなぎ払うとその眩い光が斬撃となり、巨人の腹部を強打する。

けれど、それでもピクリともしない巨人は動きを止めることなく走り続けた。

見るからに強い攻撃でも貫通属性を持つ斬撃のために、当たっても弾かれてダメージを与えることができない。

巨人に効くのは打撃。鎧の中にいるはずの霊体には魔法が効くはずだ。

打撃という有効打を与えると足止めはできる。

僕の叢雲だと、コテツのエクスカリバーと同様の斬撃だから、このままでは有効な手にはならない。

ん？　なら斬撃でなければ効くのでは？

ふとそう思った。

僕が持っているのは剣。でも剣じゃなければ？

………あ！

「アルトくん！　お願いがある！　さっきのコテツみたいに巨人の腹に向かって跳び込める？」

『何か思いついたんだな？』

「うん！　絶対足を止められると思う！」

『分かった。ただしチャンスは一回しかないぞ？』

「一回で十分だよ。これで止められなかったら、ステラさんに詠唱をやめてもらって、また僕が注意を引くよ」

アルトくんは大きく頷いて、姿勢を低くして走る速度をさらに上げた。

全力疾走は通常の何倍もスタミナを消費する。ここぞという時にしか出せない速度だ。

前方では、いざという時、ステラさんを連れて逃げるためにカミラさんが目を光らせている。

巨人がステラさんのところに届くまであと十秒。

ステラさんの近くで焦りの表情を浮かべているエヴァさんが見える。

僕はエヴァさんたちを少し安心させるために右手の親指を立てた。

『ワタル！　行くぞ‼』

巨人とステラさんの間に着いたアルトくんは、方向を反転させて巨人に向かって走り始めた。

そして――――高く跳んだ。

目の前に巨人の腹の部分が見えるが、このままでは直撃するのがオチだ。でも、ここで巨人を止めればステラさんが魔法を発動できる。何がなんでも、ほんの数秒でいいから巨人を止めるべく、僕はアルトくんの背中から巨人に向かって跳び込んだ。

『ワタル!?』

「ワタルくん!?」

後ろからアルトくんとエヴァさんの心配する声が聞こえてきた。

でも大丈夫。僕なりに巨人を止める方法を思いついたから。

この世界はレベルが上がるとスキルを獲得するのに、僕はどれだけレベルが上がってもスキルを得ることはできなかった。

でもレベルではなく、他の方法でスキルを獲得することはできた。その上で、どうして僕には戦闘用スキルがないのかずっと考えていた。自分でできることを探して、現状を悲観するよりは前を向く。今までもそうやって状況を切り開いてきたように。

だって……僕にはかけがえのない仲間がいて、そこで僕にだけできることを見つけたから。

スキルだって……僕が持っているスキルにだって、絶対に意味があるはずだ！

巨人の巨体が、僕の射程内に入った。

「全力で――――【武器防具生成】！　超巨大雷撃槌《ミョルニル》!!」

魔力の大半を込めた巨大槌を作り上げる。

【コスト軽減（レベル比）】によって消費魔力が最大値の99％軽減になっていても、魔力がごっそり持っていかれる感覚があった。そして――――僕の身体ではとても持てそうにない巨大槌が右手に握られている。ううん、大きすぎて握れないけど、僕の手にくっついている。

これだけ巨大だというのに、一切重さを感じない。でも、これは軽いのではなく、僕が重さを感じないだけで見た目通りの重量があるのが分かる。

右からなぎ払う形で巨人の腹を目掛けてフルスイングした。

巨人にぶつかった巨大槌は、台風の中の雷の轟音の如く周囲に音を響かせ、今まで足を止めることすらできなかった巨人を数十メートル先まで吹き飛ばした。

僕は想像した通りの超巨大雷撃槌《ミョルニル》を作れて嬉しいと思いながら、視界が霞《かす》み始めていくのを感じた。

少しずつ意識が薄れていく。

魔力が……あまりにも吸われて……しまった…………。ステラ……さん…………。

次の瞬間、後ろから世界を祝福するような眩い光と無数の魔法陣が展開され、暗いボス部屋に光が広がっていく。

「【裁きの聖雷《インディグネイション》】!!」

ステラさんの力強い声が聞こえて、眩い世界に飲み込まれながら――――意識が飛んだ。

○

寒くて暗い感覚の中、僕を包んでいる優しい匂いと温かさを感じた。

ゆっくりと目を開けると、目の前に不思議な白い山のようなものが見える。その奥から綺麗な銀髪が見えると、ステラさんの澄んだ目が僕を覗いていた。

「ワタル様。起きられましたか？」

「⁉　ス、ステラさん？」

起き上がろうとしたら、ぐっと肩を押されて動けなかった。

「ワタルッ！　急に起き上がると危ないよ？　ゆっくりね？」

「う、うん！　分かった」

僕を押さえ込んでいたエレナちゃんの温かな手が離れていく。

ゆっくり起き上がると、みんなが僕を囲んでいる。

「えっと、巨人はどうなったんですか？」

まだダンジョンの中のようだし、巨人の姿が見えなくてみんなが休んでいるってことは、ちゃんと倒せたのかな？

「ふふっ。ちゃんと倒せたわよ。ワタルくんのおかげでね。あんなすごい巨大槌を作り出せるなんて聞いてないわよ？」

「あはは……僕も咄嗟に思いついたんです。なんとかなってよかったです」

「本当は怒りたいところだけど、ワタルくんを信じた結果だからね。ワタルくん、ありがとう」

エヴァさんを皮切りに、みんなからも「ありがとう！」と言葉が贈られてくる。

「僕こそ……ガイア様の言葉とはいえ、力を貸してくれてありがとうございます！」

するると天井からキラキラした緑色の光の粒が降ってくる。

僕たちを祝うかのように、光はとても温かくて――ガイア様の気配を感じた。

「ガイア様の光かもしれません！　もしかしたらここが最奥地かも？」

「ここがワタルの目的地なの？」

「確証はないけど、この光がその証かも。ここで僕のスキル【聖地】を使ってほしいと言われているからね。でも魔力が全然残ってないや……」

【聖地】を使うには多くの魔力を消費するが、今の僕は魔力が枯渇している。

そりゃ……気を失った理由がよく分かったよ。

「う～ん。ここから出たらまた巨人が復活するかも～」

エレナちゃんの無邪気な言葉に、みんなの顔が曇る。正直、僕は二度と鎧巨人とは戦いたくない。

「じゃあ、今日はここでキャンプをしようか！　外に出なければ地震の問題もなさそうだし。検証にもなるし、それらも試すわよ～！」

キャンプ……！　とてもワクワクするキーワードだ！

急にそういうことになったが、こうしてみんなでキャンプができるのがすごく嬉しい。

そんな僕の様子を見たエヴァさんが言った。

「ふふっ。ワタルくんって意外なことにワクワクするんだね」

「だって！　みんなと一緒にキャンプするんですよ⁉」

「したかったらいつでもそう言えばいいじゃない」

「えっ……？」

「ここにいるみんなはワタルくんを中心に集まったんだからね？　キャンプくらいいつでもやろうと思えばやれるでしょう？」

そ、そっか………僕にはキャンプをするって考えがそもそもなかった。

だって、前世でもそういうことはしたことなかったし、僕なんか………。

「ワタルくん、今、僕なんかって思った？」

「へ？　どうしてそれを……？」

「こらっ」

エヴァさんの優しいゲンコツが頭に落ちてきた。

「みんなワタルくんのこと、大好きなんだから、僕なんかって思っちゃダメだからね？　それに、ガイア様のことよりもワタルくんの希望だからこそ、メンバー全員、ここにいるんだからね」

そう言われてポカーンとした後、周りを見回すとみんなが笑顔で僕を見つめている。

そうか………僕が今日一歩前に進めたのも、こうして仲間がいてくれたからだ。

「……ありがとう」

胸の奥から溢れる気持ちをぐっと抑えながら、みんなに二度目の感謝を伝えた。

○

ダンジョンの出入りについて調べるため、セレナさんが一度外に出て、再度入ってきた。

これでダンジョンへの出入りはできることが分かった。

すぐにエヴァさんがバベルさんのもとへ報告に向かい、セレナさんはエルラウフさんたち男性陣を連れて買い物に出かけた。

すっかり人数が減り、僕、エレナちゃん、ステラさん、カミラさんが残った。

一緒に地面に横たわってダンジョンの天井を眺めていたエレナちゃんが聞いてきた。

「ねえ、ワタル？」

「うん？」

「ワタルはどうしてそんなに頑張るの？」

「ん～、これと言って頑張ってるって感じはないんだけど、一つ思うのは――困ってる人がいるなら助けたいからかな」

「困ってる人？」

「うん。ガイア様がここで【聖地】を使ってほしいと言ってたんだけど、なんだかすごく困ってる様子だったんだ。だから僕にできることなら頑張りたいというか。そんな感じ？」

「ふふっ。ワタルってば、お人好しね！　――――でも私はとてもいいと思うな。そんなワタルが大好きだし、私も頑張りたくなるもん」

だ、大好き!?

「ぼ、ぼ、僕なんか大したことないよぉ……」

「そんなことない。今日もすごくカッコよかったもん。大きくてピカピカするハンマーでドカーンってして、あんな大きい魔物を吹っ飛ばしたからね」

「あはは……思いついたままやっただけだけど、あれでうまくいって本当によかったよ。それもエレナちゃんのおかげだよ」

「私？」

「最近エレナちゃんがどんどん強くなって、弓術もすごく上手くなって、スキルだってたくさん使ってるから、それを見て思いついたんだ」

「そっか……それなら嬉しいな！　私、ワタルと一緒に旅に行きたくて、すっごく練習したんだよ？　街で待つだけなのは嫌だから」

「エレナちゃん………」

寂しさを感じさせる声だ。いつも明るいエレナちゃんだけど、そんなことを思っていたんだね……。

「だから……これからも……強く………」

どんどん声が小さくなり、小さな寝息が聞こえてきた。どうやら眠ったみたい。

エレナちゃんも緊張しっぱなしだったからね。

暗くて広いダンジョンの天井は、不思議と夜空のように見えて儚《はかな》げな美しさを感じる。

そして、僕も気がつけば眠りについていた。

第11話

――――『やっと見つけた』

っ!?

不思議な女性の声が聞こえて目を開けると、周りが真っ黒に染まっている不思議な世界が広がっていて、僕の身体は何かの影のようなものに縛られていた。

そんな中、僕の目の前に禍々しい黒い靄が現れ、どんどん形を作っていく。それはやがて人の形となり、影の人間の姿となった。

髪が長いことと体型から、どうやら女性のようだ。

「うふふふ。貴方がワタルくんかしら？」

「あ、貴方は誰ですか!?」

「薄情ね。私のことをもう忘れてしまったの？」

間違いなく初対面のはずなんだけど……でも確かにどこかで会った気もする。

この感覚って、確か……！

「白狐族の里を襲った魔物……!?」

「大正解よ。眷属を通して見ていたわ――今代の魔王ワタルくん」

魔王と呼ばれたことに違和感を覚えた。となると、この影は――

「ネメシス様ですね？」

「あら、私のことを知っているなんて驚いたわ。まさか……魔王如きに名を覚えられるなんてね」

ガイア様はチュートリアルスキルこそが魔王の力だと言っていた。そして、そのスキルの力を感じ取ったネメシス様は、僕が魔王の力を得ていたことに気づいたのだろう。

「今日はどのようなご用件でしょう？」

「さすが魔王、身体は小さくても気丈なのね。そうね。一つ貴方に忠告しに来たのよ」

「僕に？」

ネメシス様と会話を交わしながら周りを冷静に眺める。

周りの暗い感じからしてここはダンジョンではない？　仲間たちの気配もしない。

「貴方がこの世界に来て、そして勇者様も来てくれたわ。それは貴方のおかげと言っても過言ではない。でもね……そろそろ貴方の役目は終わりなのよ。魔王がいてこその勇者。それが世界の真理。この世界に魔王が現れたのなら、いずれ勇者様は魔王を討ち滅ぼすでしょう」

そう話すネメシス様からは勇者くんに対する深い愛情が伝わってくる。

ガイア様が言っていた通り、長年待ち続けていたんだ。

「魔王よ、それまでせいぜい悪足掻きしていることね。いずれ勇者様が貴方を倒してくれるわ。まあ、それまで貴方の力となる者は――滅ぼさせてもらうけれど」

「っ⁉ まさか、またあの眷属を送り込むつもりですか⁉」

「ええ。勇者様のためにも、魔王の力は少しでもそぎ落としておかないとね」

「待ってください！ それなら僕一人でいいじゃないですか！ どうして仲間まで！」

「ふ〜ん。魔王の分際で仲間を気にするなんて、今代の魔王はおかしいわね。いつの時代も必ず無数の軍勢に挑むのが勇者様だけど、今の勇者様には仲間が少ないわ。それを考慮して魔王の軍勢を減らしておきたいのよ。魔王よ、せいぜい勇者様の脅威に震えながら待っていることね」

「ま、待っ――」

しかし僕の言葉を待つことなく、黒い影はどんどん闇に溶け込み、その姿を消した。

どうして僕なんかのためにみんなを危険に晒さなければならないのか、胸が苦しくなった。

そして、僕はまた気を失った。

○

「ワタルっ！」

「うわあああ!?」

目を覚ますと、心配そうに僕を見下ろしている可愛らしい顔があった。

「エレナちゃん……？」

「ワタル、大丈夫？　ずっと何かにうなされていたけど……」

「う、うん。身体は……ちゃんと動くから大丈夫そうだ。ステラさんもありがとうございます」

エレナちゃんだけでなく、ステラさんも心配そうにこちらを見つめていた。

みんなに大丈夫だと伝え、夢について思い出してみる。

あれが夢だったのか現実だったのか。ただ、ネメシス様であったのは間違いなさそうだ。

「疲れているならゆっくり休もう？」

エレナちゃんの心配をよそに、僕はぐるぐると両手を回して身体に異常がないことを確認した。

「大丈夫！　みんなでキャンプをするんだし、楽しもうよ！」

ボス部屋の入口付近には、エルラウフさんたちが笑顔で道具や食べ物を用意する姿が見える。

それからみんなで手分けしてテントを張ったり、焼肉のために道具をセットしたりと、準備する時間すらすごく楽しい。

ここは一応ダンジョンだから、大人たちは酒を飲めないことを残念がっていて、エヴァさんに怒られていた。

料理は意外にもジェシカさんが主軸になり、エレナちゃんが手際よく手伝っていた。他の女性陣は一生懸命にエレナちゃんの真似をしている。

僕たちも食器を並べてテーブルを拭いたり、テントの中に布団を敷いたりした。


「では、鎧巨人の討伐、おめでとう〜！」

みんなで果実水が入ったコップを目一杯高く掲げて乾杯をする。

肉も色んな種類が並んでいて、これは鬼人族の里が開かれた証拠でもある。

こんなにも早く食料が回るようになったのも、きっとエヴァさんのおかげなんだ。

「ん？　私、何かしたの？」

「いえ！　やっぱりエヴァさんは魔王様なんだな〜って」

「何よ改まって……ふふっ。それにしても明日の【聖地】は楽しみだね。何が起こるのかな〜？」

「僕もとても楽しみです！」

キャンプを堪能した僕たちは、その日は男女に分かれて眠ることにした。

みんなで寝るのも初めてのことで、なんだかワクワクしながら眠ることができた。

ただ心の奥に少しだけ、ネメシス様への不安は残っていた。

○

翌日。

目を覚ますと、変わらないダンジョンの景色が広がっている。

鎧巨人が復活してなくて本当によかった。

軽めの朝食を取ってからテントを片付けて一度荷物を外に出した後、ボス部屋の中央に集合した。

特に不思議な感覚はないけど、ダンジョンに流れる魔力が中心部に集まってきているようだ。

地面に手を当ててみた。すると、少し温かい何かを感じる。

「では今からここでスキルを使います！」

みんながこちらを見つめて頷いた。

一度深呼吸して気持ちを整え、スキル【聖地】を唱える。

僕の身体の中の魔力が、両手から地面に一気に伝わっていくのを感じる。

以前、シェーン街で【聖地】を使った時もかなりの量の魔力を使ったけど、それとは比べ物にならない量の魔力が抜けていくのを感じる。【コスト軽減（レベル比）】が99％じゃなかったら、厳しかったかもしれない。

魔力が吸い込まれ続けると、地面から淡い光が広がり始めた。

「綺麗……」

エレナちゃんがポツリと声をこぼした。

やがて自分の中の魔力の動きが止まったのを確認して身体を起こすと、暗かったダンジョンの一面が全て淡い緑色の光に輝いていた。

今まで見たこともない幻想的な風景に僕も思わず見とれてしまった。

一面に広がった光は、今度は壁を伝って天井まで広がっていく。

光は暗かったダンジョン全域を覆った。

「ワタルくん？　これは成功でいいのよね？」

エヴァさんに質問されたけど、正直僕もどう返していいか分からない。

「多分……。ガイア様と会えれば聞けるんですが、それができないので、今のところは成功で見ていいと思います」

「それはよかったわ。ひとまず外に出てみましょうか。避難の準備もできているから」

そういえばそうだった。前回以上に大きな地震が起きないといいけど……。

ダンジョン内の状況を眺めても特に違和感はなく、また変わる感じもなかったので、そのままみんなで入口から外に出る。

最後に僕とコテツは、外に出る前にもう一度ダンジョンの中を覗き込んだ。

ここに来た当初からは想像もできないような綺麗な光に包まれた世界がとても美しい。それはまるで——ガイア様がいる神界のようだ。


「コテツ、出ようか」

「ワンワン！」

凛々しい表情を浮かべたコテツとダンジョンを後にした。


「エヴァ様あああああ！」

「わああ!? ど、どうしたの？」

ダンジョンを出て休憩室に戻った瞬間、鬼人族のメイドさんが血相を変えてエヴァさんのもとにやってきた。

「そ、外に急いでください！ 大変なことになっています！」

あまりにも緊迫した声にエヴァさんの表情が一気に曇り、そのまま休憩室から全力で外に向かって走った。


しかし、そこにあったのは——

「綺麗～！ ワタルッ！ すごく綺麗だよ～！」

そこに広がっていたのは、美しい緑色の光が海のように地面から溢れ出ている光景だった。

王城は高台から里を一望できる位置にある。

僕が指差した森は、今まで枯れ木がたくさん並んでいたのに、今はその枝に美しいピンク色の花びらが開き始めていた。

「あ〜！　木が！」

「エヴァ様、ワタル殿、感謝します」

先に外に出て里を眺めていたバベルさんは、目に大粒の涙を浮かべて僕たちにそう言った。

彼だけではない。ずっと鬼人族を守ってきたベンジャミンさんも、外で鬼人族のために働き続けてきたエルラウフさんも、今や鬼人族の中で誰よりも鬼人族のためにエヴァさんの隣で働いているジェシカさんも、目の前の光景に静かに涙を流していた。

「我々は………ずっとこの景色を夢見ていました。枯れ果てたこの地は大昔、緑に溢れる土地だったと伝わっています。だからずっとこの土地を守ってきた。私の代でこの景色を見られるようになるとは思いもしませんでした。鬼人族の未来を切り開いてくださって本当にありがとうございます。鬼人族を代表して感謝申し上げます」

そう言いながら頭を深々と下げるバベルさん。

それと共に、里の方から大勢の鬼人族がこちらに向かって「ありがとう〜！」と叫ぶ声が聞こえてきた。

ガイア様がどうして僕にこの試練を与えたのかは分からないけど、その結果、広がった幸せな景

色に僕も嬉しくなった。

「ガフッ。ワンワン！」

うん、コテツも僕と同じ気持ちになったようだ。

鬼人族の新たな門出として、ガイア様による「奇跡の日」を制定し、毎年この日を特別な日とし、お祭りを開くことになった。

もちろん――今日もお祭りとなり、僕たちは鬼人族の里で楽しい時間を過ごした。

そんな僕たちや鬼人族を祝うかのように、ピンク色の花びらが里中に舞い、優しい香りが充満して、鬼人族の里はとても美しい里に生まれ変わったのだった。

異世界ゆるり紀行
～子育てしながら冒険者します～
1~15
水無月静琉
Minazuki Shizuru
シリーズ累計110万部（電子含む）突破!!
2024年待望のTVアニメ化！
1～15巻好評発売中！
コミックス1～8巻好評発売中！
子連れ冒険者ののんびりファンタジー！
神様のミスで命を落とし、転生した茅野巧。様々なスキルを授かり異世界に送られると、そこは魔物が蠢く森の中だった。タクミはその森で双子と思しき幼い男女の子供を発見し、アレン、エレナと名づけて保護する。アレンとエレナの成長を見守りながらの、のんびり冒険者生活がスタートする！
異世界ゆるり紀行 ～子育てしながら冒険者します～
水無月静琉
転生したら双子を保護しました。
子連れ冒険者の異世界のんびりファンタジー！
異世界ゆるり紀行 ～子育てしながら冒険者します～
水無月静琉
みずなともみ
1
転生したら、幼い双子を保護しました。
シリーズ累計15万部!!
●各定価：1320円（10%税込）●Illustration：やまかわ
●漫画：みずなともみ B6判 ●各定価：748円（10%税込）

風波しのぎ
Kazanami Shinogi
シリーズ累計
250万部!
(電子含む)
THE NEW GATE
ザ・ニュー・ゲート
01~22
2024年 待望の
TVアニメ化!
コミックス
1~13巻
好評発売中!
デスゲームと化したVRMMO−RPG「THE NEW GATE」は、最強プレイヤー・シンの活躍により解放のときを迎えようとしていた。しかし、最後のモンスターを討った直後、シンは現実と化した500年後のゲーム世界へ飛ばされてしまう。デスゲームから“リアル異世界”へ——伝説の剣士となった青年が、再び戦場に舞い降りる!
漫画：三輪ヨシユキ
各定価：748円（10%税込）
各定価:1320円（10%税込）
1~22巻好評発売中!
illustration：魔界の住民（1~9巻）
KeG（10~11巻）
晩杯あきら（12巻~）
大人気ファンタジー待望のコミカライズ!
アルファポリス 漫画

無名の三流テイマーは王都のはずれで
のんびり暮らす
～でも、国家の要職に就く弟子たちがなぜか頼ってきます～
鈴木竜一
Ryuuichi Suzuki
弟子と従魔に囲まれて
自由気ままなテイマー生活!

無名の三流テイマーは王都のはずれで
のんびり暮らす
～でも、国家の要職に就く弟子たちがなぜか頼ってきます～
鈴木竜一
アルファポリス
冒険者としては三流でも、師匠としては超一流!?
弟子と従魔に囲まれて
自由気ままなテイマー生活!

この作品に対する皆様のご意見・ご感想をお待ちしております。
おハガキ・お手紙は以下の宛先にお送りください。

【宛先】
〒150-6019 東京都渋谷区恵比寿 4-20-3 恵比寿ｶﾞｰﾃﾞﾝﾌﾟﾚｲｽﾀﾜｰ 19F
（株）アルファポリス　書籍感想係

メールフォームでのご意見・ご感想は右のＱＲコードから、
あるいは以下のワードで検索をかけてください。

アルファポリス　書籍の感想　検索

ご感想はこちらから

本書は Web サイト「アルファポリス」（https://www.alphapolis.co.jp/）に投稿されたものを、改題・改稿、加筆のうえ、書籍化したものです。

便利《べんり》すぎるチュートリアルスキルで異世界《いせかい》ぽよんぽよん生活《せいかつ》２

御峰《おみね》。

2024年 2月29日初版発行

編集－佐藤晶深・芦田尚
編集長－太田鉄平
発行者－梶本雄介
発行所－株式会社アルファポリス
〒150-6019 東京都渋谷区恵比寿4-20-3 恵比寿ｶﾞｰﾃﾞﾝﾌﾟﾚｲｽﾀﾜｰ19F
TEL 03-6277-1601（営業）　03-6277-1602（編集）
URL https://www.alphapolis.co.jp/
発売元－株式会社星雲社（共同出版社・流通責任出版社）
〒112-0005 東京都文京区水道1-3-30
TEL 03-3868-3275
装丁・本文イラスト－もちつき うさ
装丁デザイン－ムシカゴグラフィクス
印刷－図書印刷株式会社

価格はカバーに表示されてあります。
落丁乱丁の場合はアルファポリスまでご連絡ください。
送料は小社負担でお取り替えします。

ISBN978-4-434-33481-8 C0093